钟情四海

月 关 / 著

北京燕山出版社
BEIJING YANSHAN PRESS

图书在版编目（CIP）数据

钟情四海 / 月关著. -- 北京：北京燕山出版社，2019.6
 ISBN 978-7-5402-5391-2
Ⅰ.①钟… Ⅱ.①月… Ⅲ.①侠义小说－中国－当代 Ⅳ.①I247.5

中国版本图书馆CIP数据核字(2019)第102521号

钟情四海

著　　者：月　关
责任编辑：金贝伦
特邀策划：号　号　李姣姣
排版设计：南大古　西　少
封面插图：小　捷
封面题字：岁　岁
出版发行：北京燕山出版社有限公司
地　　址：北京市丰台区东铁营苇子坑路138号
邮政编码：100078
发行电话：（010）65240430
印　　刷：北京盛通印刷股份有限公司　（010）52249888
开　　本：787mm×1092mm　1/32
印　　张：8.5
字　　数：150千字
版　　次：2019年8月第1版
印　　次：2019年8月第1次印刷
书　　号：ISBN 978-7-5402-5391-2
定　　价：35.00元

版权所有　违者必究
如有印刷质量问题，请与印厂联系退换

目录

楔　子	001
第一章	009
第二章	031
第三章	055
第四章	079
第五章	109
第六章	141
第七章	167
第八章	191
第九章	217
第十章	241
尾　声	263

楔子

夜色下俯瞰真水岛,这岛仿佛一颗墨绿色的水滴。岛心种着大片的樱花树,樱花正在盛开,疏影横斜,摇曳生姿。

白驹静静地伏在樱花的树干上,一身青衣劲装,脸上青巾蒙面,如剑的眉下,锐利的眼神穿过樱花林,掠过亮晶晶的小溪,再越过一座木桥,看向那座木造的亭式建筑——海号阁。

飞檐展翅,廊下正有一名挑灯扶剑的高挑女子漫步走过,白驹在岛上已经潜伏了半年,当然认得出这个女子就是七罗刹中的二罗刹萧舒倩。

南海三十六岛海盗们的总舵把子真水岛大当家小鸟游依子,座下有七个武艺高强、杀人如麻的女侍卫,号称七女罗刹,萧舒倩名列其内,位居第二。

白驹已经不止一次来此窥视,巡夜人员的步距、速度他都计

楔子

算得清清楚楚。当二罗刹萧舒倩转过屋角的时候，七罗刹何细妹领着一个女海盗堪堪走至转角处，一阵微风起，白驹也随风而起。

萧舒倩左脚刚刚迈过屋角，他就长身而起，足不点地地掠过小桥，再一个箭步穿过亭屋前的空地，一矮身便闪现在屋门前。

白驹手中有一柄薄如蝉翼的小刀，刀光一闪便撬开了门，轻轻一拉障子门，门无声无息地打开，他狸猫般掠入，重新拉上房门。此时，七罗刹何细妹堪堪从另一侧屋角转过来，而白驹已然登堂入室，完美的一刹那！

白驹蹲身在地，略显急促的呼吸渐渐平稳。对这海号阁，他已暗中观察过多次，但里边他还是头一回走进来。室中四壁空荡，在整个房间的最中央悬空吊着一盏灯，灯光由纸糊的方形灯罩笼起，向下形成一束。

下方是一个齐胸高的长方形木台，黑色的漆面被灯光映得熠熠发光，但他并没有注意那木台，只一眼，他的目光就被那木台上竖立的一柄"玉剑"吸引住了。其实那并不是剑，而是一柄白玉为骨的扇——海之号角。

玉扇并拢着竖在那里，仿佛一管玉箫，从他的角度望过去，又恰似一柄锋刃直指天上的短剑，灯光映在那白玉为骨的扇上，晶莹剔透。

白驹的呼吸顿时又变得急促起来，在他之前已经有四个锦衣卫高手为了这柄玉扇丧生，其中有一个甚至已经把金钟罩、铁布衫的上乘横练功夫练到了至高境界，浑身刀枪不入，即便如此，连这个人也无声无息地死在了这里，白驹岂能不紧张。

这柄玉扇，就是他此行的目标。

这是真水岛大当家小鸟游依子号令南海群盗的信物，相当于皇帝调动大将的虎符。据说，这柄玉扇有一种奇异的能力，它不仅能号令南海群盗，而且持有这玉扇的人，还能指挥传说中威力无穷的海妖。

外面廊庑上，二罗刹萧舒情正缓缓走过，顾长美丽的身影映在雪白的纸窗上。白驹慢慢站了起来，他不用担心会被外面的人看见，因为室内唯一的一盏灯、唯一的一束光，正映在那柄玉扇上，而他在阴影里。

白驹盯着那玉扇，一步步向前走去，只走出三步他就站住了，他的脚下已非地面。白驹低下头，借着散逸出来的微弱灯光，发现他的脚尖前面是与地板平齐的海水，暗淡的光线下，海水静静地荡漾着，仿佛一个墨池。

白驹马上想到了海盗们流传的另一个传说——据说海号阁有一眼海泉，它可以直通大海。

楔子

这是一个方形的池子，池畔四周是木质的地板，放着玉扇的木台在池子中央，距池畔一丈多远，这么点距离当然难不住白驹。他深吸一口气，身形一纵，就像剪水的燕子，轻盈地掠过水面，无声无息地落在木台上。

玉扇静静地立在固定它的木架上，玉扇柄部居然有一汪海水，那海水是如泉眼的水般向上涌动的，不断地冲刷着玉扇的扇柄，显然这个木台下边笼罩的，就是从海底喷涌上来的一股泉水。

白驹没有马上去拿玉扇，在他之前曾有四个锦衣卫高手试图盗取这柄玉扇，却都离奇地死去了。而那四个身怀绝技的兄弟武功都不在他之下，他岂能不慎之又慎。

白驹拉下面巾，露出一张英俊的面孔，他谨慎地打量四周，确认屋中绝对没有第二个人，攥住剑柄的五指才一根根地松开，慢慢探向那柄玉扇。他的指尖触及玉扇，触手一阵温润沁凉，白驹深深地吸了口气，慢慢将玉扇提起。

失去了玉扇的阻挡，海泉陡然喷涌上来。与此同时，随着那向上喷涌的泉水，还有一根乌黑色的圆锥体。白驹大吃一惊，那怪物动作奇快，他只下意识地一张嘴，那根圆锥体就以闪电般的速度刺入他的嘴巴，从他的后脑钻了出来，蛇一般地扭动着。

它是活的，样子虽然好像一柄锈蚀了的锥子，但它是活的，它锋利、尖锐的触手从白驹的后脑钻出来，扭动着、伸缩着，殷红的鲜血顺着那触手，一滴滴溅落在木台上。

"呃……"

白驹惊恐地瞪大眼睛，他不明白，那扇下泉眼中，究竟是个什么怪物。他的身子晃了一下，手无力地松开，玉扇落回架上，仿佛孔雀开屏般"哗"地一声打开，灯光映在打开的洁白无瑕的玉扇上，白玉的扇面熠熠生辉，再把那光芒投射到海水上，如墨的海水立即变成了幽蓝色，于是那一道道幻影似的扭动的光，由幽蓝的海水再反射到墙壁上、屋顶上，整个房间竟因此陡然明亮了起来。

白驹向后踉跄一步，那顶部尖尖的圆锥体突然从他口中抽出，迅速消失在泉眼中。他摇晃着，绝望地转过身，海水突然沸腾般喷涌起来，一条巨大的蟒蛇般的怪物突然从海水中钻了出来，比他腰还粗的蛇身迅速扭缠在他的身上，猛然收紧时，他全身的骨骼都发出清脆的咔吧声。

白驹脸上露出一丝惨淡的笑容："原来，传说是真的。真的有海妖……看护……它……"

巨型海蛇的蛇身继续收紧，白驹喷出一口鲜血，被那缠在身上的蛇拧成了奇怪的形状，他身上的骨头已经被扭断。一股鲜血，因为蛇身的缠束,从他后脑喷出,溅在那白玉扇上,仿佛突然绘在上面的朵朵桃花。

海号阁内的异动,很快惊动了巡弋在外的守夜人。

很快,小鸟游依子赶来了。

两盏灯冉冉而来,挑灯而行的是两个杀气腾腾的女侍卫,小鸟游依子一身艳丽的和服,脚下踏着一双木屐,伴着清脆悦耳的嗒嗒声走进了屋子。前方持剑而立的三个女侍卫立即左右一分,给她让开了道路,小鸟游依子的目光便落在了那具被扭曲成奇形怪状的尸体上。

尸体倒在木台上,一条巨蛇在海水中来回地巡游着。

小鸟游依子的唇角露出一丝讥诮的笑意。她款款上前,当如霜的玉足所踏的木屐即将落到水面上时,水中那条巨蛇突然扬起了笸斗般大小的蛇头,小鸟游的脚便落在了蛇头上,然后那蛇头就贴着水面,平稳地摆向木台,然后缓缓抬高,把她稳稳地放到了木台上。

小鸟游用十趾涂了鲜红蔻丹的雪足轻轻挑了一下白驹的肩膀,看清了他的脸,不禁一声冷笑:"原来你也是朝廷的奸细!"

她不屑地将白驹的尸体拨进幽蓝的海水,那条巨蛇立即张开血盆大口,将那尸体吞噬入腹。

小鸟游缓缓拿起玉扇,微微倾斜,让那喷涌的泉水冲刷着上面的血迹,无刘海的日式发髻与和服的浅领衬托的秀颈天鹅般优雅地侧起:"我倒要瞧瞧,他大明锦衣卫,还有多少人让我杀!"

仿佛应和着她的这句话,她身后幽蓝的海水中,那条巨大的海蛇吞下了尸体,陡然欢快地探出丈高的身体,扭曲着、缠绕着,海蛇之狰狞、小鸟游之柔美、白玉扇之氤氲宝气,形成一幅协调却又极惊悚的画面……

第一章

钟情优哉游哉地骑在一匹白马上,前边一个貌相憨厚的马夫牵着缰绳,来到"妙吉祥"绸缎庄门口。

钟情抬头看了看门楣上"妙吉祥"三个金色大字,浅浅一笑,颊上顿时露出两个迷人的小酒涡。

她一抬腿,从马上轻快地跳了下来,掸了掸衣袍,举步往店中走去。

钟情一袭素色公子袍,光可鉴人的青丝只绾了一个简单的发髻,系着四方平定巾,朱唇玉面,明眸善睐,清丽绝俗得宛如春天的第一抹新绿。若不是一看就知道她是个易钗而弁的姑娘,怕是要害不少大姑娘小媳妇患单相思了。

那个身材微胖、貌相憨厚的马夫把马系在拴马桩上,倚着拴马桩一屁股坐下。钟情到了门前,从袖间摸出一柄描金小扇,"哗"

地一下打开，潇洒地轻摇着走进绸缎庄。

京城里使相千金为了方便出门，常做男儿打扮，所以钟情女扮男装并不稀罕，只是如她一般如此出色的相貌却非人人具备，尤其那气质举止，当真如同一个翩翩公子，丰神如玉，神采飞扬。

绸缎庄里生意很好，客人很多，小二们陪在客人身边，唾沫横飞地吹捧着自家的货物。李掌柜捋着鼠须，面前站着一个愁眉苦脸的小伙计，低声央求："掌柜的，这工钱，你就给俺结了吧。"

李掌柜冷冷一笑，道："老夫早就说过，我这店里是按月结计工钱的，这个月你才上了二十九天的工，我怎么给你结工钱？"

"俺娘真是生了急病，俺得马上回乡下，要不然……"小伙计拾起衣袖擦擦眼泪，哽咽道，"怕是最后一面都见不上了。"

李掌柜冷冷地道："这跟老夫可没关系！要么，你再干一天，要么，此刻就走，工钱没有，自己选！"

小伙计央求道："掌柜的，您大发慈悲……"

李掌柜转眼看见钟情，忙把袖子一拂："滚！别挡了老夫的生意！"忙不迭迎上来，点头哈腰地道："这位……客官不知怎么称呼？到鄙店来，想买点什么？"

钟情轻摇小扇，斯斯文文地道："本姑娘姓钟，从山西大同来为我姨母贺寿。来时匆忙，未及准备贺礼，想选几匹上好的丝绸作为贺礼,把你们店里最好的绸缎给我拿来看看。"

李掌柜连忙把她引到柜台前,展开各色华美的绸缎。那小伙计咬牙切齿半晌,冲着李掌柜大吼道:"姓李的,你为富不仁,不会有好下场的!"说罢愤然离去。

李掌柜冲他的背影冷笑一声,回过头来又是一副谄媚的笑脸,对钟情道:"钟姑娘,你看这匹绸缎如何?"

钟情连连摇头:"就你这样的成色也敢称云锦?云锦绚丽多姿,美如天上云霞,你们店里这货是残次品吧?哟,这匹是妆花纱?掌柜的,你看这五彩加金的花纹,既不淡雅也不富丽,分明是粗制滥造嘛。"

李掌柜乜视着她,一脸不屑:"客官,您想砍价就直说喽。喏,您手上拿的那匹根本就不是妆花纱,那是织金妆花罗,识货吗你?"

钟情吐了吐舌头,动人俏皮:"啊!是这样吗?你可不要欺负本姑娘不识货,我不识货,我姨母可是识货的,我且拿几匹去给她瞧瞧,若有选中的,本姑娘就留下,你看如何?"

李掌柜不耐烦起来:"客官,我家丝绸无一不是上品,还怕你拿去看吗?只是我这店里正忙着,可腾不出工夫陪你回家。"

钟情一双大眼睛弯成了可爱的月牙形:"这有何难,我姨母

第一章

家就在前面不远,本姑娘把我的马和马夫押在你这儿,等我姨母有选中了的,再带银子来赎人,不就成了?"

李掌柜犹豫了一下,扭头看看门口那匹高头大马,又看看坐在拴马桩下憨态可掬的马夫,点了点头。

很快,钟情就提着一捆锦缎走出了绸缎庄,对那马夫扬了扬手:"二牛啊,你且候在这里,本姑娘很快回来!"

"哦!"二牛憨憨地答应一声,李掌柜顿时放下心来。

李掌柜伏在柜台上噼里啪啦地打着算盘,拢着一天的账目,结完了账,提起毛笔把数字记下,顺手拿起茶壶,就嘴喝了一口,忽然想起一事,招呼小二道:"四儿,你去门口瞧瞧,那位买绸缎的姑娘回来没有!"

"好嘞!"伙计到了门口左右张望一番,回头苦笑,"掌柜的,这街上就跟狗啃过的骨头似的,干干净净,没人影啊。"

李掌柜狐疑地走出门去,暮色苍茫,巷子里冷冷清清,已经没有行人走动,只有那个马夫二牛孤零零地坐在拴马桩下。李掌柜走过去,道:"喂,我说你……叫什么来着,二牛是吧?你家小姐怎么还没回来?"

二牛茫然抬头:"啥俺家小姐?俺是卖马的,那位姑娘说要买俺的马,叫俺跟她回家取钱。到了你们这儿她又买起了绸缎,也不知道给谁家送礼去了,她究竟还买不买马呀?"

"你说什么?"李掌柜脸色一变,一把揪住二牛的衣领把他提了起来,唾沫星子都喷到了他的脸上,"你说那位姑娘不是你家小姐?天呐,她拿走我足足七八匹的上好绸缎,这个骗子,这个大骗子!"

二牛大惊失色:"你说她是骗子?哎呀!害俺白白浪费一天工夫!不行,俺找她去。"

二牛转身要走,正捶胸顿足的李掌柜一把拉住他,咆哮道:"不行,你不能走!你跟我去见官,你们这两个贼,合伙骗我绸缎,老夫要告你!"

二牛也恼了,吼道:"俺们合伙骗你?俺也被人骗了,俺还不知该上哪儿找她去呢,你给俺滚远点!"

李掌柜吝啬成性,如今吃了这么大的亏怎肯罢手,立即和他扭打起来:"都……都他娘的看着干什么?出来帮忙,给我抓住这混小子!"

几个小伙计连忙冲过来,二牛一见,赶紧挣开李掌柜的双手,不料脚下不稳,一个趔趄,一头撞在了石制的拴马桩上。他"哎呀"一声大叫,捂着额头缓缓瘫坐下来,殷红的鲜血淌了下来。

第一章

二牛怒视着李掌柜，伸手指着他，呻吟道："你……你们……我……我一定不会……放过你的……"

二牛脖子一歪，一双牛眼还是直勾勾地瞪着。李掌柜惊愕地看着他，推了一个小伙计一把，道："去！你去瞧瞧他怎么啦！"

那小伙计慢慢凑上前，战战兢兢地试了试二牛的鼻息，大惊失色道："不好啦！掌柜的，这个人死了！"

李掌柜的脸"唰"地一下就白了："什么？死了？惨了惨了，这下闹出人命来了，这……这可如何是好？"

李掌柜慌忙扑上前去，抓住二牛的尸体，拼命地摇晃起来："你不能死！不能死啊！你个混蛋！你喘气啊，你快喘气啊！"

一个身形柔弱的游学书生背着一个书箱走过来，忽然见此一幕，不禁惊叫起来："啊！杀人啦！绸缎庄掌柜杀人啦！"

李掌柜被唬得脸色像鬼一样白，赶紧扑上去，一把掩住那书生的嘴巴，女人般的尖利叫声陡然停止，李掌柜赶紧四下看看，幸好还没招出邻居来，赶紧仓皇解释："这位书生，你不要乱喊，人不是我杀的。"

柔弱书生指着他的手，战战兢兢地道："还说不是你杀的，你看你这一手血。"

李掌柜也吓了一跳，赶紧掏出汗巾擦血，赔笑道："人真不是我杀的,事情其实是这样的……"

李掌柜把被人骗了直至发现真相的全过程说了一遍,那书生脸上惊容稍退,点点头道:"原来是这样,学生游学在外,懒得多事,掌柜的就不必向我解释了。我看掌柜的慈眉善目,也不像穷凶极恶之人,只是……不管你是有意还是失手,人是死在你手上的,这可麻烦了。"

李掌柜惊呆了:"啊?"

那书生眼珠一转,忽然压低了声音:"学生游学至此,正觉囊中羞涩。掌柜的你若能馈赠一二,学生便帮你拿个主意,保证你什么麻烦都没有,你看如何?"

李掌柜大喜,道:"不愧是读书人,这么快就想到主意了?你快说,是个什么主意?"

书生干笑两声,捻着手指作数钱状。李掌柜恍然大悟,从袖中胡乱摸出一把钱来,数也不数便往书生手里一塞,迫不及待地道:"你快说!"

书生微微一笑:"附耳过来。"

李掌柜连忙凑上前去,书生小声道:"掌柜的,你把这尸体扶上马背,一掌拍下去,任那马跑去何方。然后打一盆水,把这地上血迹冲掉。你与这卖马人素不相识,待旁人发现他的尸体时,

第一章

又怎能找到你的身上?"

"对啊!对啊!"

李掌柜拳掌一击,恍然大悟,忙不迭地回头招呼道:"快!快把血迹冲洗掉,把那牛二还是二牛的死东西抬到马上去,快!快快快!"

书生掂了掂钱,顺手揣进怀里,扬手道:"掌柜的,告辞啦!"

小巷里,钟情笑靥如花,背着书箱的柔弱书生和一脸憨傻相的二牛站在她旁边,马却已不见。柔弱书生笑道:"都说那个为富不仁的铁公鸡精明,姐姐你略施小计,还不是叫他乖乖上当。"

这柔弱少年叫钟良,正是钟情的亲弟弟,旁边那个二牛是钟家的家仆,钟家破落后,只剩下这个从小在钟家长大的家仆陪在他们姐弟俩身边,三人相依为命。

二牛从怀里摸出一个用来藏血浆的瘪瘪的猪尿泡,顺手往地上一丢,依旧是一脸的憨笑,可眼神灵动,不再是那副傻乎乎的模样了:"少爷你还老说俺笨,今天能骗到那只铁公鸡,俺二牛可是厥功至伟。"

钟良白了他一眼道:"得了吧,他那是聪明反被聪明误,谁叫你看起来一脸忠厚,再有我姐姐传授给你的闭气功,他自然会上当!"

"好啦你们两个!"钟情笑吟吟地打断他们的话,"二牛,马还给车行了?"

二牛道:"还啦,租金也付过了。"

钟情微微一笑,道:"嗯,那几匹绸缎都是上品,卖来的钱足以给小良买来这段时间所需的药材了。咱们找个地方先藏上一段时间,等江南那起案子的风头过了,再把那批货起出来卖掉,至少两年内咱们都可以安稳下来了。"

钟良一脸歉疚:"姐,都是我拖累了你。要不然,凭姐姐的一身本事,怎么也不至于……"

钟情嗔怪道:"说什么傻话!你是我的亲弟弟,爹娘不在了,姐……"

钟情的声音哽咽了一下,神情有些黯然,但她马上就振作起来,亲昵地摸了摸钟良的头:"乖,姐姐不疼你谁疼你!"

原来,这钟家本是海宁大户。钟情幼年时,海盗冲上岸来,洗劫了海宁城,当时钟情的母亲正怀了她的弟弟,父亲本是海宁大豪,一身武功,却为了保护怀孕的妻子,被穷凶极恶的海盗围攻而死。

钟情的母亲动了胎气,生下钟良不久后也死了,钟良胎里带的毛病，自幼体质虚弱。幼年的钟情独自撑起门户，为了给弟弟治病，到处延请名医，虽然渐渐有了合适的方子为钟良续命，却需常年服用昂贵的药材。

多年下来，为了给钟良治病，钟情已耗尽家财，为了不让弟弟早夭，钟情只得带着她的弟弟钟良和忠仆二牛，走上了她最痛恨的江洋大盗之路。虽然，她秉持着不欺良善，非为富不仁者不骗不抢的宗旨，可毕竟是法所不容。

前不久，他们在杭州府做了一票大案子，劫了一个离任回乡的贪官污吏，官员被劫，惊动了当地官府画影图形侦缉此案，一时间赃物太过敏感，不易出手，钟情只得暂且藏起赃物，带着弟弟和二牛来到京城。

赃物还没出手，钟情手头拮据，所以到了京城小试身手，做了这么一单"生意"。钟情也知要在京城藏身，不宜在此再生大案，所以也是费尽心机，才想出了这等叫受骗人不敢报案的手段。

钟情带着钟良和二牛从小巷里出来，迎面一辆骡车急急驰来。钟情实未想到，冤家路窄，这车里坐的正是刚刚被她骗过的那位"妙吉祥"李掌柜，那李掌柜的家，恰恰就在这个胡同里。

李掌柜不小心打死了人，一时心惊肉跳，赶紧冲洗血迹，关了店铺匆匆回家。钟情等人见迎面来了一辆车，便往路边靠了靠，车子迎面过去,坐在车里的李掌柜恰把三人看在眼中。

李掌柜呆了一呆,忽然喊道:"停车!快停车!"

马夫不知所以,急忙勒住了缰绳,回身道:"老爷?"

李掌柜从窗口探出半个身子,盯着那三人的背影,越看越像,忍不住大吼道:"站住!你们三个,快站住!"

二牛诧异地回头一看,登时脸色一变。钟良惊叫道:"哎哟,不好!是那只铁公鸡!姐?"

钟情当机立断,喝道:"走!"

钟情领着二人拐进路边一条窄巷,急急向前奔去,钟良体弱,奔走不便,由钟情和二牛左右搀扶着,行走如飞。

眼看三人快要走出那长长的巷子,李掌柜才在后面巷口出现,富态的一个身子,呼哧带喘地冲着巷弄中的三人大声吼叫:"好啊你们!你们这些骗子!我不会放过你们的!我是不会放过你们的!"

锦衣卫指挥佥事卓向荣大步流星地走在廊庑下,酷似龙蟒的飞鱼绣得很精致,栩栩如生地附着在他大红的蟒衣上,鸾带紧紧扎在他的腰间,两鬓虽已斑白,可他腰杆依旧笔直,柔韧有力。

御赐的绣春刀随着他有力的步伐,一下下叩击着他的身体,

第一章

虽然刀鞘吞口上有华美的金线镶嵌,可是随着一根根廊柱的隔断,阳光一下一下地映在他的锦衣和刀鞘上,依旧显得杀气隐隐。

"砰!"

沉重的朱漆大门被他并两指作剑,只一点,就像被一柄大铁锤重重地击中,轰然一声打开了,他连一刻也未停,便大步走了进去。

锦衣卫指挥使穆丝自案后缓缓抬头,向门口看了一眼,微蹙的眉头轻轻舒展开了。敢在他处理公务的时候如此鲁莽地推开房门的,除了卓金事,放眼整个锦衣卫,还真叫人想不出第二个人来。

穆丝把紫竹狼毫缓缓搁回到笔山上,淡淡地道:"老卓?"

卓向荣冷冷地盯着穆丝那张清癯俊朗的面孔,恨不得一拳把它打成烂柿子:"白驹死了!这是第五个!穆大人,在我亲手训练的高手快要统统死光的时候,你能否告诉我,你究竟在让他们执行什么任务?"

穆丝轻轻地吁了口气,神色有些无奈:"唉!这本来是绝密……"

卓向荣脚下的官靴踏着青砖的地面,铿锵有力。他走过去,在穆丝面前的椅子上一屁股坐下去,结实的梨木官帽椅发出"吱"的一声惨叫。

"我也不能知道？"

卓向荣强抑愤怒，他是真的愤怒啊，由他亲手训练的锦衣卫高手，这么多年也不知执行了多少艰险、诡谲、复杂的任务，也不过伤了一个、死了一个，可这次被穆指挥使陆续调去执行秘密任务，居然已经折损了五人！他必须得向穆丝讨要个说法，虽然穆指挥使是他的顶头上司。

穆丝沉吟片刻，似乎在组织语言，宽阔威严的指挥使签押房中，只有卓向荣压抑愤怒的沉重呼吸声咻咻作响。在卓向荣咻咻的鼻息声中，穆丝缓缓道："东瀛入侵朝鲜，朝鲜国王向我大明求援，作为宗主国，我大明责无旁贷。皇上派大军入朝，抗日援朝，连连取胜……"

卓向荣瞪着穆丝，怒道："这事难道我不知道吗？我大明派有锦衣卫在日本国探察情报，此事就是由我负责，有关朝日之战的情况，还需要你讲给我听？"

穆丝苦笑道："老卓，少安毋躁，听我说完嘛！"

卓向荣重重地哼了一声，扭过头去。

穆丝道："为了拖我大明的后腿，阻止我大明援助朝鲜，日本太阁丰臣秀吉派人携重金收买沿海倭寇与海盗，劫掠我大明沿海，乱我边疆，以牵制我朝。这些倭寇与海盗，已经形成一股庞

第一章

大的势力,他们集结于沿海,为祸甚重!我大明水师屡屡进剿,都因海上形势特殊,无法对他们形成有效打击!所以,水师制定了一项'请君入瓮'计划,想诱引海盗钻进陷阱,从而一网打尽!"

卓向荣嗤笑一声,道:"那些海盗又不傻,你想引他们钻进埋伏,他们就肯?"

穆丝道:"这就是我们要派人去的原因了!东南沿海的倭寇与海盗,如今都听从一个女人的号令,这个女人,叫小鸟游依子,听命于日本太阁丰臣秀吉,如今是沿海三十六路海盗之王。她号令群盗的兵符,就是一柄玉扇!"

穆丝双手扶案,身子微微前倾,盯着卓向荣:"这柄玉扇,本是当年海盗王徐鸿的随身至宝,据说拥有极神奇的力量,只是究竟如何,我们却不得而知。不过小鸟游依子能在短短数年间征服桀骜不驯的诸多海盗,想来应该确有神异之处!"

卓向荣冷笑:"子不语怪力乱神,难不成你穆大人堂堂朝廷命官,居然相信这些?"

穆丝微微一笑,负手在厅中踱起了步子:"海盗王徐鸿,当年是被朝廷以招安名义诱杀的。他生前,曾经说过一件事情,他说十八年后,地龙翻身,生死之间,祸福与共!"

卓向荣瞪着他道:"什么意思?"

穆丝道:"他身边亲信当时也曾问过,他说,十八年后,海底将生巨变,那时,会有异宝出世,但伴随而来的,还有莫大的凶险。而他持有'海之号角',便能化险为夷,并且能获得海底宝藏,凭之纵横天下!"

卓向荣冷笑:"又是这套神神鬼鬼的东西……"

穆丝打断了他的话:"宁可信其有,不可信其无!如今海之号角在小鸟游手上,而今年,正是当年海盗王徐鸿占卜这一卦的第十八年!"

卓向荣闭上了嘴巴。

穆丝语气一缓,又道:"就算这件事是子虚乌有,我们同样不能放过小鸟游,她正在迅速扩张势力,对我大明沿海构成巨大威胁,有此人在,严重牵制了我大明军力,我们便不能放心大胆地用兵入朝。而日本国一旦占领朝鲜,下一步,必定剑指辽东!"

卓向荣吁了口气,问道:"你从我这儿抽调的高手,都是去刺杀小鸟游的?"

穆丝摇摇头:"刺杀小鸟游,谈何容易!这个小鸟游,本就是忍术高手,擅长刺杀。何况,刺杀小鸟游根本无济于事!当年戴大人以招安名义诱杀了海盗王徐鸿,结果如何?海盗肆虐如故!我是想派人盗取小鸟游的玉扇,以她的名义号令群盗钻进我们的伏击圈！可惜我本以为十拿九稳的计划，却是连连失败！"

卓向荣摊手道："反正我是无人可派了！而且，如果白驹他们五个人都会失败的话，我不认为再派别人去就能成功！"

穆丝道："我本来也不希望再派你的人去！我们已经失败了很多次，小鸟游必然提高了警觉，再派人去将更难成功。不过我们失败了这么多次也不是毫无收获，起码我已知道，我们失败的最根本原因，是因为我们派的都是男人！"

卓向荣翻了个白眼，道："不派男人，难道派女人？那小鸟游难道喜欢女人？"

穆丝道："据我了解到的情报，小岛游曾经饱受男人伤害，所以男人很难获得她的信任。她身边最信任的侍卫叫七罗刹，全是女人！"

卓向荣道："可我锦衣卫根本没有女人，这个女人既要机警，还要有一身好武功，找遍朝廷上下也找不到！"

穆丝悠悠的目光飘向远方："我知道！所以……要到江湖中去找！"

卓向荣冷笑："江湖中？江湖中什么人会为你所用？"

穆丝回身自案上取过一本手札，递给卓向荣，微笑道："我刚刚看到一桩有趣的案子，你瞧瞧。"

卓向荣好奇地接过来，打开浏览，惊奇地道："绸缎庄老板被骗？咱们锦衣卫是为皇上抓反贼、为朝廷刺探军机的重要所在，管得着这种坑蒙拐骗、家长里短的事吗？"

穆丝笑道："这是顺天府接的案子，只是照例呈报我锦衣卫一份罢了。我感兴趣的是，这个行骗的人。"

卓向荣："骗子一共三人，一个清秀斯文的书生、一个身材粗壮的黑脸汉子，还有一个漂亮女人，自称姓钟……"

穆丝微笑："你想到了什么没有？"

卓佥事转了转眼珠，喃喃自语道："姓钟的漂亮女人……难不成是'一见钟情，两手空空'的女飞贼钟情？"

穆丝走到他身边，双目炯炯有神："你觉得,这个人怎么样？"

卓佥事缓缓抬头，迎向穆丝的目光："这个女飞贼神通广大，你怎么抓她？"

穆丝微微一笑："不是我抓，而是你抓！"

钟情离开那条小巷后，从东城转到了西城，这才入住了一家大车店。

钟情虽然是个名冠江湖的女飞贼，可她选择下手的对象有太多条件，非不仁不义者不取，而且决不让人家的财产"伤筋动骨"，正所谓盗亦有道,只是这样一来所得就有限得很了,她的药罐子弟弟本是个花钱如流水的活宝贝,手头宽裕时还会接济一些穷苦人家,实无积蓄,只能住在这种地方节省花销。

三天后的晌午,钟情带着弟弟钟良和二牛在厅中用午餐,这是大车店的大堂,空气中弥漫着一股汗臭味。钟情应时应景地换了一身粗布葛衣,白皙娇嫩的脸蛋也染成了姜黄,看起来像个体弱的少年,只有眼神依旧显得灵动。

"听说了吗?有位辽东大药商刚刚入住财神客栈。这位大药商从辽东携来一支千年地精,可以活死人、肉白骨的千年地精啊,据说是金陵镇守太监阎剥皮重金购买的。"

"地精?你说人参是吧,千年老参的话,的确功效奇妙无比……阎剥皮要是服了这株千年老参,怕不得延寿十年。"

"是啊!可这千年地精价值连城,人家能吃,咱们就连闻一闻、见一见的福气都没有啊……"

"嘿!阎剥皮坐镇南京,苛捐杂税多如牛毛,就差掘地三尺,把金陵城翻个底朝天了,这要是让他寿年大增,南方百姓可又要多遭几年罪喽!"

说话的是几个力工脚夫,钟良和二牛坐在钟情左右,当钟情侧耳听那几个脚夫说话的当口,二牛正稀里呼噜地吃着烩饼。钟良看见姐姐的模样,一只手便搭上了姐姐的手腕,钟情凝神看去,钟良一脸担心,轻轻摇头。

钟情微微一笑,低声道:"回房再说!"

在大车店能有个单间住着,已是难能可贵。钟情租的便是个单间,一扇漆面剥落的木屏风将房间隔成了里外两间,钟情的床榻在里间,外间就是钟良和二牛的居处。

一进房间,钟良就紧张地道:"姐,你不会是想打那支千年地精的主意吧?"

钟情的眼睛又弯成了月牙:"有什么不可以?"

钟良道:"江南那桩案子风声还没过去,实在不宜再有大举动。"

钟情沉默片刻,缓缓地道:"你胎里带的毛病,天生体弱,这些年来,姐也只能勉强为你续命,一旦哪天姐姐失手被擒,不能再照顾你,你该怎么办?千年地精,可遇而不可求!也许它能彻底去了你的病根。如果能救你的命,姐就算下地狱也不在乎!"

"姐!"

钟良的眼圈红了,眼睛里泪光闪闪,哽咽着道:"姐,都是我拖累了你,别人家的姑娘,这么大都已嫁人生子,过着太平安康的生活,可姐姐为了我却亡命江湖,我……"

第一章

钟良不禁潸然泪下。

"傻小子,你说什么呢!"钟情亲昵地摸了摸他的脑袋,把他的头发都拨乱了,"咱们姐弟俩相依为命,姐不疼你谁疼你!"

钟良的眼泪忍不住又流了下来。从小他就和姐姐相依为命,因为他的病,偌大一份家产都败光了,亲戚朋友也都断了往来,家里的仆佣下人纷纷散去,人人都在背后嫌弃他,骂他是个祸害钟家的灾星。

只有他的姐姐,家徒四壁的时候,她依旧像小时候一样,亲昵地揉着他的脑袋,对他说:"谁说家里什么都没有了?你还有姐,姐还有你,只要咱们姐弟俩还在,这个家就没散!别胡思乱想了,姐疼你!"

姐姐温柔的手揉乱他的头发,也揉乱了他的心,揉迷了他的眼,那是他的长姐,像母亲一样亲。此生此世,他都不知道要如何才能报答姐姐的恩情。

钟情低声道:"你和二牛先住在这里,深居简出,莫要惹出什么是非,姐姐去财神客栈踩踩盘子。你放心,姐姐会谨慎的。"

第二章

财神客栈是京城最大的客栈,这里有池有水有假山,一座座别墅小楼参差其间,显得极为幽雅,能住进这里的,自然也都是大富大贵的人家。

钟情要住进这里,就得扮作大富人家的夫人、小姐,但那样一来,原本就手头拮据的她势必要花上一大笔钱。可除此之外,也并非全然没办法,那就是应聘去财神客栈做事。

厨娘、针娘,洒扫的仆役,都是很好的选择。以钟情清丽俊俏的容颜,再加上一手高明的女红,她很容易就成了财神客栈的一个针娘。

竹林下,穿一身青布衣衫,腰系碎花围裙的钟情正坐在小马扎上为客人缝补衣裳,斜对面曲水小桥之后,是一扇优雅的竹篱门,竹篱门后就是一座红色的小楼。这座小楼由一位江南盐商包

第二章

租了半个多月,江南盐商姓胡,叫胡霸天,带着年轻貌美的夫人以及一众随从,也不知进京忙些什么,整日里早出晚归。

钟情要盯的人不是他,而是住在他们隔壁院落里的辽东大药商曲掌柜。从这里很难窥见曲掌柜住处的全貌,但是只要那处院落有人进出,从这里一样可以尽收眼底。

钟情低着头,眼角微微瞟了一眼曲掌柜的住处,小门掩着,无人进出。钟情目光一收,便瞥见了胡盐商的夫人游氏。游氏正款款登楼,穿一件火红的凤尾裙,裙子系在她不堪一握的细腰上时,给人一种美人鱼般惊艳的美感。

"倒是一个绝色尤物!"

钟情望着那纤腰如折,自腰而臀的跌宕曲线,轻轻牵动了一下唇角。

盐商个个富可敌国,能得到绝世佳人自然也不奇怪。以钟情的美貌,浪迹江南时,也曾有过富商想纳她为小妾,可钟情实在无法接受做一只受人豢养玩弄的笼中雀,她宁可用她单薄的肩,挑着一副重重的担子,孤独地走她的人生。

忽然,钟情听到一丝窸窸窣窣的声音,不禁动了动耳朵,微微侧起头。她没有听错,花丛中真的有动静。

钟情轻轻站起身,放下缝补到一半的衣服,手里仍然拈着穿了线的针，蹑手蹑脚地走近金黄色的花丛，芬芳的花朵就在腰间摇曳，几只蝴蝶因为她的动作展翅飞起。

花丛中，躺着一男一女。

男的穿一件冰蓝色绣雅致竹叶花纹的袍子，也只有他这样颀长的身材、俊美的五官，才撑得起这么骚气的衣裳。一张坏坏的笑脸，一双多情的桃花眼，高挺的鼻，秀美的唇，说不出的好看。他正枕着双臂，仰望着湛蓝天空中的朵朵白云。

躺在他旁边的是财神客栈林掌柜的独生爱女林姑娘，林姑娘躺在那儿，脸蛋红红的，心跳得像是要逃出围栏的小鹿。她从来没试过和一个男人如此亲近，如此……不雅地躺在一起，这一片花丛，就成了一方世界，只有她，和他！

可是，她无法拒绝，也不觉得丁公子这么做会显得莽撞、失礼，在她眼中，这位丁公子，俨然就是一个不羁而高贵的王子。看着他唇间漾起的笑，她的心就醉了。在她十八年的人生岁月中，她从不曾如此痴迷于一个男人。

但只是一次邂逅，明知他只是住店的一位客人，只是自己人生中的一个过客，她就是无法抗拒这种危险而极具诱惑的吸引力。林姑娘晕乎乎地躺在那里，仿佛身下是一条船，在水面上荡漾着，抬眼望去，空中的云似乎也在流动。

第二章

如果此时旁边那位丁公子俯身过去亲吻她的唇，甚至要了她的人，恐怕她都不会生出拒绝的勇气。但那位丁公子显然并没有这样的打算。他饶有兴致地看着天空，问林姑娘："看！这样子，是不是很美？"

林姑娘"嗯"了一声，气促声短，有种莫名的诱惑。

丁公子换了个更舒服的躺姿，林姑娘却因为他的轻微一动，身子绷紧如弓。

丁公子悠悠地叹息一声："小时候，我在自家花园里，就喜欢一个人这样，躺进茂密的花丛里。和别人近在咫尺，所以你不会孤独。但任何人都不知道你在，所以很宁静。躺在这儿，看着清风白云，说不出的惬意……"

林姑娘却没有他说的那种心境。这儿的花草有半人高，躺在其中，外面的人看不到，于是，虽然上面是蓝蓝的天空和朵朵白云，林姑娘却有种孤男寡女共处一室的紧张兴奋感，眼赤耳热，仿佛饮了半觯葡萄美酒。

丁公子貌似无意地问道："林姑娘，那个辽东大药商，在你们财神客栈还要待几天呐？"

"他们呀，先要往京城各大药铺走一遭，买批药，接着去金陵，我听说是后天走。"

"哦？带着大批药材，他们应该走水路吧，通过漕运河道，这可比陆运方便……"

林姑娘哪有心思和他说这些，看着他翘起的清晰的姣好嘴唇，林姑娘有一种吻上去的冲动，以致她的脸蛋紧张得越来越红："丁……丁公子……"

"嗯？"丁公子扭过头，懒洋洋地看她，那副俊美的慵懒模样，让林姑娘的芳心跳得更快了。

林姑娘期待地问："你……会留在京城吗？"

丁公子呆了一呆，轻轻摇头："不成，再过两天，我就要离开了。"

林姑娘希冀的眼神一下子变得黯淡起来，她垂下眼帘，期期艾艾地道："你……你就不能留在京城吗？"

丁公子怔了怔，他只是想从林姑娘这里套问些消息，而林姑娘此时的神情，令丁公子忽然意识到这个地方太过私密，而他也早已不是当初的逃学少年了，难怪会给人家姑娘一种错误的认知。

丁公子坐了起来，然后他看到了钟情。钟情正站在齐腰深的花丛中，一手拨开一片花枝，诧异地看着他们。

意乱情迷的林姑娘见丁公子怔在那里，抬头一看，不禁"呀"地一声羞叫，此情此景，太容易叫人误会了。她面红耳赤地跳起

第二章

身来，提起裙裾就跑，就像一只穿花的蝴蝶。

"无耻！"

钟情马上把丁公子当成了一个勾引良家妇女的登徒子。她认得此人，丁公子名叫丁凌，大盐商胡霸天的内弟，也就是钟情方才所见身着一袭凤尾裙的那位游夫人的表弟。跟在有钱的表姐夫身边做事，显然是个没本事的废物。

"呵呵，姑娘你不要误会，我和林姑娘并没有什么……"

丁凌脸色一正，清咳一声："相逢即是有缘，你看此处，花开正艳，高空云卷，你我何不盘坐花间，促膝而谈？"

钟情厌恶地瞟了他一眼，回身就走。丁凌就势起身，跟在她的身后。钟情姗姗而行，腰肢款摆，柔若柳枝，虽然不似成熟妇人的韵味，却也别具俏意。丁凌不禁抹了下鼻尖，出口赞道："裙裾旋旋手迢迢，不趁音声自趁娇。未必诸郎知曲误，一时偷眼为回腰。"

钟情听他语出轻薄，倏然回身，手中的针已经在他掌背上扎了一下。

"哎呀！"

丁凌痛呼一声，钟情杏眼圆睁，不屑地斥道："人渣！"

钟情倏然转身，快步离去。丁凌停步在齐腰深的花丛中，看了看掌背上那一点殷红，再缓缓抬头看去，钟情已不见了踪影，前方只有迎风摇曳的花枝，丁凌的目光微微地闪烁了一下，唇角渐渐逸出深沉的笑意："出手如电，举轻若重，她……真的是一个针娘吗？"

夜晚，钟情提了一篮子衣服，来到辽东大药商曲掌柜所住的院落。

院子里有人，一见她来，便打开了篱笆门。

"客官，这是你们换洗缝补的衣衫！"

钟情浅浅一笑，将装衣裳的篮子递过去，院中有两个人，钟情只听过一次他们的名字就记住了。迎向她来接篮子的叫马勇，另外一个叫郭栎枫，正像丢了骨头的恶犬，绕着小院巡视，院中堆放着十几口大药材箱子。

马勇笑着接过篮子，顺手摸出几文大钱递给钟情："多谢姑娘！"

"不劳谢，应该的！哎呀，这钱多了……"

马勇一笑："收着吧，不要客气！"

"多谢马大哥！"

钟情抿嘴一笑，一双杏眼在院中飞快地一睃，仿佛刻印一般，院墙的高低、药箱的数量、三面屋舍窗子和门的位置,以及可能的死角,统统尽收眼底。做飞贼几年,她已练就一副好眼力,再复杂的环境,也能一目了然,牢记心底。

钟情浅笑:"那……我就回了!"

钟情刚一回身,笑容便是一僵。

院门口正倚着一个人,懒洋洋的,仿佛被人抽走了骨头。问题是,那是篱笆门,矮得很,连门框都没有,他就那么懒洋洋地倚着空气中并不存在的门框,摆着一个自觉很潇洒的姿势,微笑地看着她。

"嗨!"

丁凌用食指抹了下鼻尖,仿佛轻扬一块手帕,那语气、那身姿,像极了倚门待客的窑姐,风情万种:"原来姑娘你是这家客栈的针娘,姑娘如此美貌,做个针娘,未免明珠暗投了啊。"

丁凌嬉皮笑脸,钟情则沉下了脸色。她行走江湖,这种没皮没脸的男人早见过了一箩筐。钟情懒得理他,只是摆出一副拒人于千里之外的冷意走向门口。

"啊,姑娘……"

丁凌笑嘻嘻地想去拉住钟情的衣袖,可他伸出手去,却落入一张掌心满是厚厚硬茧的大手。马勇一双虎目瞪视着丁凌,冷冷地道:"小子,你想干什么?"

丁凌痛苦地蹙起了眉:"哎哎哎!放手!我也是住店的客人,你干什么?"

趁此机会,钟情蛮腰一扭,从篱笆门旁所剩不多的空隙麻利地闪了出去,连丁凌的衣角都没沾到。

丁凌眸底深处又是一闪,钟情这一闪,看似只是身姿利落,但近在咫尺的他,自然看得出她绝不只是身段轻盈,此人轻功身法也不错呢!丁凌对这个针娘是愈发地好奇了。

马勇等钟情走远,才松了手,冷哼道:"这个院子是我们的地方,滚远些!"

丁凌痛苦难耐地甩着手,往后一退,"嗤啦"一声,袍裾挂在篱笆上,刮开了一个口子。

丁凌抖了抖袍子,愤怒地看向马勇,马勇冷冷地瞪着他,丁凌目光一缩,又看了看抱臂在箱笼旁站定的郭栎枫,讪然一笑,匆匆退了出去,向钟情渐去渐远的背影招手喊道:"姑娘,我要缝衣服!喂,有生意你也不做啊……"

马勇冷笑一声,啐了一口:"人渣!"

客栈给钟情安排的宿处是三个针娘同住的一间小屋。夜色深

第二章

沉，同屋的两个针娘已经陷入梦乡，钟情枕着手臂，还在思索着送衣服去曲掌柜院子里时的所见。

十几口大箱子都放在院中，里边应该都是药材，因为一进院子就能嗅到药味。不过，那棵千年老参应该不在其中，这么贵重的东西，应该是掌柜的贴身收藏。

钟情在院中只匆匆一瞥，就发现马勇是个极高明的练家子，那个郭栎枫虽比他弱些，功夫却也不俗，通过马勇伸手接篮子时亮出的手掌上的硬茧，和绕着箱笼转圈的郭栎枫扎实的步伐，钟情可以断定，他们练的都是外家功夫。

外家功夫大开大阖，威猛霸道，正面交手是一件很令人头痛的事，不过，钟情对此并不担心。她是飞贼而不是强盗，用不着正面交手，凭她的轻身功夫和小巧腾挪的本领，要放倒这两个人并不会太吃力，问题是……那个院子里绝对不止两个人。

钟情只是匆匆一扫，就发现暗处至少还藏着四个人，当她走进院子的时候，小楼的二楼似乎也有一双眼睛望下来，如果她想潜进去，哪怕只惊动一个人，都会前功尽弃，除非她在潜进小楼前就能准确地掌握那株千年老参的藏匿之处，这样的话，还可以靠她的轻功身法硬闯进去，一朝得手，立即鸿飞冥冥。

"不成……"钟情思来想去，微微摇头，"在京城下手，大不易。看来只能等他们南下，蹑着他们在路上下手。那时候即便暴露目的，他们也已不能回头，我才有机会下手。"

想到这里，钟情长长地吁了口气，精神一放松下来，无尽的疲惫便涌上来。她已经很久没有彻底放松地休息过了。以前是为了日渐困顿的家庭和弟弟的病情，等她做了女飞贼，更是连睡觉都提着几分警醒，她就像一只飞翔在空中，永远也找不到落足之地的鸟，也许直到死亡的那一刻，她才能踏实下来。

窗前一盏明灯，一双秀美的纤手缓缓解开裙裾罗裳，又一一拿下发髻上的金钗、发簪、玉梳，摘下珍珠耳环，任由一头乌亮的长发披垂而下。

游夫人盈盈俏立，香肩乍露，椒乳丰挺，灯光洒落在她肌肤上，散发着柔和的光芒，越发衬得她肌肤如玉，晶莹剔透。

游夫人的丈夫胡霸天胡老爷就坐在屏风外面，而她的表弟丁凌正和胡霸天对坐着，屏风上映出了游夫人更衣的姣好身段，但两个人都没向屋里看上一眼。

胡霸天身材雄壮颀长，容貌威武阳刚，丝毫没有普通富家员外大腹便便的感觉，刚过而立之年的他，正是男人身心发育最为成熟的时候，极有男人魅力。他望着丁凌，紧皱双眉："你去哪

第二章

儿了？怎么这时候才回来？"

丁凌笑笑："四处转转！"

胡霸天脸上溢起怒意，声音也提高了些："四处转转？你忘了咱们是什么身份？天子脚下，你四处转转？"

丁凌不耐烦起来："不四处转转，如何打探消息？"

胡霸天强抑怒气，沉声道："那你打探到了什么消息？"

丁凌摊了摊手："还能有什么消息，那位辽东大药商后天一早去金陵。"

胡霸天微微眯起了眼睛："走水路还是旱路？"

丁凌道："从京师去金陵，又带了大批货物，当然会走水路！"

胡霸天毫不客气地训斥："当然？你做事就是靠想当然的吗？"

丁凌冷笑："你不想听我的想当然，何不自己去打探？"

"好啦！你们两个是前世的冤家吗？"

游夫人从屏风后面走了出来，声音很冷，可她嘴角却荡漾着妩媚的笑意，步态袅娜，一袭柔软薄透的睡袍，衬出她凹凸有致的迷人身材，尤其那双笔直修长的腿，在睡袍下若隐若现，着实夺人双睛。

胡霸天和丁凌一起站了起来，向她抱拳道："大当家！"

游夫人微微颔首，在上首位置坐下，懒洋洋地跷起了二郎腿，丝绸的袍子滑下，露出一条粉光致致的大腿。她喜欢男人用垂涎的目光盯着她，又没有胆量亲近的感觉，就像猫戏老鼠。

只是，尽管此刻的她像极了妖娆的猫，但胡霸天和丁凌却不是她爪下的鼠。二人的目光都不由自主地在她身上盘旋了一眼，却也只是略一盘旋。

胡霸天的目光中完全没有贪欲，倒是充满了不屈和征服的意味。而丁凌，只是单纯的欣赏，在他眼中，完全看不到男人该有的那种欲望。

游夫人当然不是什么盐商的宠妾游夫人，而是海上最强大的海盗首领，真水岛大当家小鸟游依子，如今已经征服了三十六岛海盗。

盐商胡霸天当然也不是真的盐商，而是真水岛二当家。他原本是真水岛的大当家，只因和小鸟游依子比武，三战三败，这才依照赌约让出了大当家的位置，并把他苦心经营的真水岛拱手相让。

他一直把小鸟游当成自己将要征服的强大目标，希望有朝一日重新夺回属于他的权力！对此，小鸟游并不介意。她喜欢被人挑战，喜欢在挑战中把别人一次次蹑于她的脚下。她的这种强大

第二章

自信，也是她能让三十六岛海盗臣服的主要原因，没有这种强大的个人魅力，仅凭武力，她是无法让那么多桀骜不驯的海盗头子向她俯首的。

至于扮作胡霸天内弟的丁凌，则是真水岛的三当家，小鸟游亲自招揽来的人。丁氏家族原本是沿海大缙绅，因为海上走私而遭朝廷抄没，丁凌作为丁氏家族唯一幸存的族人逃脱出来，沦为了海盗。

真水岛的三大首领，居然伪装身份，同时出现在大明的京城！他们为何而来？

小鸟游依子懒洋洋地端起一盏茶，呷了一口："那批火器怎么样了？"

胡霸天道："大罗刹带着二妹三妹一起押运，算算时间，此刻应该已经出海！"

小鸟游依子浅浅一笑，蛇一般的小蛮腰轻轻一扭，换了个更舒服的坐姿："很好！那我们也该离开京城，回真水岛了。"

胡霸天试探地道："那位辽东大药商的事……"

小鸟游妩媚的眼神往他身上一瞥，淡淡地道："确定他会去金陵了？"

胡霸天道："已经确定！"

丁凌则道："应该和我们一样，走水路！"

"这样嘛……"

小鸟游好看的柳眉微微一敛，眉梢便跃然而起，仿佛两柄出鞘的吴钩。

"那我们就吃掉它！"

那双妩媚的眼睛瞬间充满了野性的贪婪。她伸出嫩红的舌，轻轻舔了舔唇，有种嗜血的味道！

"是！"

丁凌和胡霸天同时站起，二人居高临下，只要眼角稍稍一瞥，就能看到小鸟游丰满胸膛上一道诱人的乳白色沟壑，但二人的神色依旧很平静。

在整个真水岛，没有一个男人会对小鸟游生起一丝一亲芳泽的绮念，虽然她那峰峦起伏的身段确实柔媚可人，可是一个会把她曾经的男人的头颅做成夜壶的海盗女王，谁敢对她生出一丝非分之想呢？

从小鸟游的房间里走出来的，只有丁凌一人。小鸟游气魄非凡，不让须眉，但这并不代表她会狂妄。置身天子脚下，心思缜密的她，其实一直很注意隐藏自己的行踪，胡霸天既然扮的是她的丈夫，当然要和她睡在同一个房间。

第二章

丁凌沿着长廊走了几步,在楼头站定。远近各处,灯火阑珊,丁凌忽然想起了那位神秘的针娘。人皆有好奇之心,傍晚接近她时,丁凌就有摸透她底细的打算,可惜很快就要离开京城了。不过,想到这个谜一样的针娘,丁凌总觉得他们之间的故事不应该就这样结束……

辽东大药商曲掌柜离开财神客栈,踏上了南下的旅程,第一站,通州。

同一天,同一时辰,盐商胡霸天也携家眷、随从结账离开。

小鸟游戴了一顶浅露,只露出白皙、圆润、小巧的下巴,在胡霸天的陪同下走出客栈,身后伴随着她的四个侍女。四侍女皆着青衣,简单的装束,体态刚健婀娜,只是四女不苟言笑,略显冷意,这四人正是小鸟游的心腹,七罗刹中的老四至老幺。

再后面,便是国字脸一字眉、神情果毅的林羽七和圆脸矮胖如笑弥勒一般的阿满,丁凌钩着下巴,藏在他们中间,林家姑娘站在屋檐下,依依不舍。她情窦初开,可惜喜欢的却是一个浪子,这段情注定了无痕迹,不见结果。

胡霸天登车,大喇喇地张开双臂,仰靠在柔软的座椅上,小鸟游明媚的目光四下一扫,紧了紧松竹纹的清雅披风,登着脚踏上了车,小鸟依人地偎进他的怀里,但车帘刚一放下,二人便自然地分开了。

胡霸天不喜欢拥着一条美女蛇,小鸟游同样不喜欢被男人拥抱。她厌恶男人,所以她宁愿做一个比男人更霸道、更强势的女人。小鸟游以一个极舒服也极诱惑的姿势倚靠在柔软的座椅上,淡淡地问道:"那个辽东药商果然走了水路?"

胡霸天道:"没错,不过,他远从辽东运药入关内,带了很多护卫,这块骨头,只怕不好啃!"

小鸟游眯着妩媚的眼睛,慵懒地道:"我们困居海上,因为大明水师的封锁,最缺的就是药材。本来,为了那批秘密采购的火器,不宜节外生枝,如今火器已经出海,这批药材又与我们顺路,那无论如何也得吃下了!"

胡霸天兴奋地道:"嗯!我算过了,曲掌柜随行人员一共五十三人,其中有二十二个武师,另外那些伙计看起来也都懂功夫,咱们人少,需要用计才成。"

小鸟游微微点头,缓缓地道:"这一路还长着呢,办法……可以慢慢想!"

钟良焦急地看着钟情迅速把自己扮成一个远行打扮的小媳

第二章

妇，希望她能回心转意："姐，我身手不行，去了只能是累赘，可二牛至少能派上用场啊，叫他跟你去吧！"

钟情道："不成！我们本来就是从南边逃过来的，你别忘了，官府正画影图形通缉我们，如果带上二牛就太明显了，再说……一旦有什么变故，我一个人容易应付。"

钟情转向二牛，道："只留小良一人在京里，我也不放心。二牛，我不在的时候，就得你来照顾少爷了！"

二牛挺起胸膛："大小姐放心，二牛在，少爷就在！"

钟情点点头，亲昵地揉了揉钟良的头发，道："乖，等姐姐回来。这一次，姐姐一定带回彻底治好你的药！"

钟情慢慢地倒退三步，猛然转过身，提着一个青布碎花的小包袱大步离去。

通州乃京东交通要道，漕运、仓储之重地。运河漕运乃国脉之所系，所以通州素有"九重肘腋之上流，六国咽喉之雄镇"的美誉。南来北往的船队、旅客，在这里相互交织、川流不息。码头、粮仓、商家、酒肆、客店，一应俱全。

码头上，堆积如山的货物，都是准备运走或者刚刚卸货的干果、米面、甘蔗、绫罗、瓷器……

宽袍大袖的士人，翻领窄袖的胡人，短褐布衫的平民，行走其间，热闹非凡。

原本宽阔的码头因为货物和商人、水手的拥挤本就一片杂乱，还有一些渔民就地摆摊叫卖水产，用蒲筐盛着的一筐筐螃蟹，竹笼装着的一笼笼虾子，柳条穿起的一串串鲤鱼，还有人就地取水在石板地上冲刷一下，直接把杂鱼都倒在上边，地上污秽不堪，气味十分难闻。

樯橹如织的码头上，停泊的大多是上千料的大船。即将南下的这艘商船船高三层，顶层最为奢华，船资自然也最为昂贵。第二层有许多单间的舱室，供经济尚算宽裕的旅客居住，第三层则和大车店一样，完全就是大通铺，只分男女两种舱室，众多的旅客拥塞在内，晚上休息的时候密集地躺在里面，就像一网打上来的杂鱼，蔚为壮观。

船舱之下还有底舱，这里是储放货物之所在。胡霸天挽着小鸟游的手臂走上甲板的时候，底舱的阶梯舱口正大开着，许多赤膊光脚的力工船夫正抬着一箱箱的药材，蚂蚁般搬运着货物，小鸟游的眸波向底舱处微微一荡，随即就变成了妩媚的弦月。

在她身后约两丈处，钟情布帕包头，一身青衣，腰系白带，怀里捧了一口青灰色坛子，看到那正抬入舱底的一箱箱药材，同时也看到了站在舱口的曲掌柜，她低下头，颊上梨涡一闪即逝。

第二章

只是,她并不知道,她盯着的这位曲掌柜,还有另一层身份——大明锦衣卫北镇抚司指挥佥事!同时也有着另一个名字,卓向荣。

卓向荣尽心地扮演着大药商的身份,直到药材全部装进底舱,加了锁头,这才回到三层甲板的卧室。马勇随即跟了进来,站到卓向荣背后,这个锦衣卫高手一进房间,便身姿挺拔,恢复了军人作派。

卓向荣从窗口看着船上纷纭来去的旅客,淡淡地道:"东西自然要看守,但是不必太紧张!"

马勇担心地道:"大人,那株千年老参,可是您从大内药库借出来的,如今船上就咱们两个锦衣卫,其他人都是辽东药商真正的护卫,对咱们的事是不会太上心的。这要是看护不周,有个闪失……"

卓向荣冷哼一声,道:"舍不着孩子套不着狼!皇上如今最在意的是如何铲除海上匪患,以便集中精力,应付野心勃勃的倭人。至于一株千年老参,大内宝物无数,皇上是不会太在意的。"

马勇迟疑道:"大人,咱们在财神客栈住了五天,消息早就通过城狐社鼠散播出去了,可始终不见有人下手,会不会……那个钟情,早就离开了京城?"

卓向荣道:"在京城下手,何如在路上动手?换作我是钟情,也会有所考虑!"

卓向荣沉声道:"女飞贼钟情素来沿运河一带活动,就算她之前不在京城,咱们一路南下,一路散播消息,也必能引她出现!这个钟情,之所以沦落为贼,为的就是她那先天体弱的弟弟,只要她知道我这儿有一株可以活死人肉白骨的千年地精,我就不信,钓不出她这条美人鱼!"

卓向荣说着,一双眼睛鹰一般盯住正姗姗登上三层甲板的小鸟游依子,手掌缓而有力地扣住了窗沿。

钟情躺在单人船舱里,舱门一关,就隔开了外面的喧嚣。

她头枕着双臂,阖着双目,静静地感受着船体微微的荡漾。

钟情并不介意与人拥挤在下层船舱里,听着妇人唠叨、孩子哭闹入眠。在她很小的时候,就凭一双稚嫩的肩膀独力撑起了她的家,提防亲友的贪婪、旁人的算计,直至一贫如洗,她早已不再是那个含着金汤匙出生的海宁钟家大小姐。

可是人多眼杂,为了行动方便,她必须住在相对私密的地方。所以,她选择了住在二层单间,同时为了避免同乘一船会给他人接触自己的机会,她还给自己伪造了一个新的身份:未亡人。

第二章

距京城越远就越接近南方,而她在南方已经是挂了号的飞贼,虽然她自信凭她乔装改扮的本事,同时少了弟弟和二牛在身边,特征不是那么明显,但她还是想尽快动手,早一天得手弟弟就能早一天病愈。弟弟常在夜里发出声嘶力竭的咳嗽,她嘴上不说,却痛在心里。

择日不如撞日!所以,钟情决定今夜就动手!

第三章

夜，来了！

船停泊在码头。

第三层的一间奢华船舱里，小鸟游负手站在窗口，看着外面黑漆漆的夜色，水面仿佛流动的水银，汩汩声中时不时闪烁起一片银亮的颜色，那是被船头悬挂的气死风灯照亮的。今夜无星无月，正适合杀人越货。

"老三，你去探一下，弄清楚这批药材的准确数量，我要把它们全部带回真水岛！"

"是！"丁凌已经穿好一身夜行衣，翩然一闪就消失在舱口。

那株珍贵的千年老参，究竟是放在底舱里还是由曲掌柜随身携带保管着呢？

钟情仔细想过这个问题，她曾监视过曲掌柜的行踪，发现他

第三章

曾数次出现在甲板上浏览风光,一株千年老参,为了保证参须完好,必然要用一只极大的匣子小心安放并进行固定,他是不可能藏在身上的,而他离开船舱游弋于甲板之上时,他的居室中也未留人,所以钟情断定,那株千年老参,一定就在舱底的某一口药箱里面。

舱底只有一处入口,入口处在甲板上,淡淡的灯光洒落在甲板上。钟情伏在舱壁一角的暗影里,警惕地观察着,很快就发现前方那堆缆绳处有两个人,两人坐在甲板上,倚着成捆的缆绳,正低声聊天。

钟情四下一打量,单手搭上船舷,身子一翻,就像一只轻盈的狸猫,轻轻翻出了船舷,身子悬空于大河之上,全凭一只手的力量吊在那里。随即她便交替双手,向船头方向移动过去。

想进底舱,是不可能避过这两个守夜人的耳目的,可要打昏他们,一旦今日不能得手,他们势必会提高警觉,再想下手就更难了。但钟情别无选择,不管什么时候,总会有人看着底舱的,对她来说,这一幕早晚都要面对。

此时此刻,船舷的另一侧,丁凌蒙着面,只露出一双眼睛,伏在暗影中正在犹豫,他没想到上了锁的底舱门外居然还有人防守。这里是河上,甲板上四面通风,想用迷香也难得手,如果为了探查药材数量而惊动守卫,未免得不偿失。

"也许,应该等到了长江左近再下手,此时探他们的底,很可能会打草惊蛇!"丁凌想着,不禁暗萌退意,他向缆绳旁坐着聊天的两个护卫看了一眼,正想悄然返回,目光所及,却突然愣住。

他看到一个劲装蒙面人正从一堆缆绳的阴影中缓缓站起来,桅杆上悬挂的气死风灯散出来的光照在那个劲装蒙面人身上,曲线婀娜,分明是个女人。

"这个女人想干什么?"

丁凌刚刚想到这里,那个劲装女子已经无声地跃步上前,两记手刀,干净利落地劈昏了两个底舱的看守,得手之后,她立即双手据地四下窥探,警觉得像只猫。丁凌明知她不会看到自己,还是不由自主地往阴影中缩了缩,甚至闭上了眼睛。

劲装女子继续行动,她在被她劈晕的人身上摸索了一番,似乎在找钥匙,结果一无所获,于是她迅速挪到底舱入口,不知从袖中摸出什么,片刻之后"咔"的一声轻响,锁头打开了。

"还是个惯偷!"丁凌伏在阴影中,暗暗自语一声,眼见那劲装女子跃落到舱中去,立即飞身追了过去。

钟情一进底舱,马上嗅到一股浓重的药材香味。她晃着了火

第三章

折子,借着火光四下打量,底舱里堆满了箱笼,码放得非常整齐,钟情清楚地记得曲掌柜家药材箱子的样式,时间紧迫,她必须尽快行动,于是她举着火折子,小心翼翼地向前搜寻过去,全未注意到舱底盖又无声地开合了一次,一个蒙着面,眼神炯炯得仿佛一头黑豹似的男子正蹑足跟来。

"就是这里了!"

钟情看到了她想找的东西,心中一喜,立即跃身向前,十几口大箱子,整整齐齐地码放在那儿,完全一样的款式,每口箱子上都打着横竖交错的绳索,根本看不出哪口箱子里有一株千年老参。

钟情抽出锋利的短刀,想要割断捆住箱子的绳索,这时她左手火折子的火苗忽然向前飘摇了一下,这是空气受到压迫气流涌动导致的。

丁凌可以做到行走无声,却无法避免空气流动。

钟情心头一惊,身形向前疾掠,本欲割向箱上绳索的短刃向后凶狠地一刺。丁凌后退一步,持于右手的×形奇门兵刃顺势一拨,"当"的一声火花一溅,堪堪挑开那反手上撩、足以把他开膛破肚的一刀。

"你是谁?"

钟情压低声音，她用了一点变声的技巧，声音有些喑哑，但仍然是女人的声音。她的动作并未随着她的问话而停止，一柄短刃在她手中仿佛一条调皮的银鱼，银光缭绕，被它的任何一道光缠上，都足以致命。

底舱中兵器撞击不绝，伴随着钟情疾掠的动作，火折子摇曳不已，光线忽明忽暗。丁凌青黑色的套头劲装，把他整个人都完美地与夜色融成了一体，只露出一双亮晶晶的眼睛，就是这双眼睛，每每在最凶险的时刻，准确地捕捉到了钟情刺来的刀刃。

"同行……"丁凌手中的奇门兵刃撩拨挑架，将钟情的攻势一一破解。

钟情手腕翻飞，手中那条银鱼开始变成上下翻飞的蝴蝶，变攻为守："时间紧迫，你我各取所需？"

她已看到对方一身劲装，浑身上下只露出一双眼睛，显然不是看守，所以迅速相信了对方的说法。

"不！我喜欢吃独食！"

丁凌的话带着调侃，可声音却有些郁闷。他今晚只是想探察一下药材的数量，如今因为这个女贼，打草惊蛇已不可避免。

"那你就去死吧！"

谈判失败，翻飞的蝴蝶又变成了穿梭的银鱼，一条条地游向

第三章

丁凌的眼睛、咽喉、心口、颈上的大动脉……

银鱼穿梭,呼啸生风,只要被其中任何一条咬中,都是致命的,但丁凌手中的奇门兵刃却化成了一张网,一张网眼无比细密的网,没有一条银鱼能够穿破这张网,冲到他的面前。

"胡括,高初?你们怎么了?快来人呐……"

舱板上有人大声呼喊起来。

"得马上走!"

这是钟情最直接的想法,她还有弱不禁风的弟弟需要照顾,可不想陪这个混蛋丧命于此。于是,钟情一边出刀,一边提议:"被发现了,我们罢手,一起走?"

丁凌急急一思索,马上妥协:"一起走!"

说着,丁凌返身便走,把后背毫不犹豫地卖给了钟情。

"艺高人胆大吗?"

盯着他的背影,钟情跃跃欲试,但这一刀,终究没有刺出去。

谭启蒙才是那位真正的辽东大药商,可惜锦衣卫征用了他和他的人,他只好让出东主的位子,变成了护卫头目。底舱药材中除了锦衣卫的人放置的一口药匣,其余的都是他从关外带来的药材,所以夜间巡视他还是很上心的。

他刚刚巡视到船头，看到倚在缆绳上的两个手下时，还以为两人睡着了，不悦地上前拨弄了一下，才发现他们被人打昏了，谭启蒙立即大叫起来，同时飞快地扑向舱盖。

舱盖没有上锁，只是掩上了，谭启蒙刚刚扑过去，那舱盖就"轰"地一声飞了起来，将他撞飞出去，一道苗条的丽影从舱底掠出。

谭启蒙鼻血长流，捂着口面摇摇晃晃地起身，声嘶力竭地大吼起来："抓贼啊，有一个贼……"

话音未落，又是一道人影从舱底掠出，两个人影乍然闪向左右，各自伸手往船舷上一搭，纵身一跃，不见了身影。谭启蒙顿了一顿，继续大叫起来："不是一个，是两个啊！"

天亮了，因为昨夜闹了贼，旅船没有离开码头，船老大一早就报了官，一群捕快登了船，搅得鸡飞狗跳。

"你、你、你……你们几个，都把'过所'拿出来！"

燕捕头挎着刀，颐指气使地吩咐着几个住在二层船舱的旅客，那种嚣张气派，与他刚刚登上第三层甲板，对江南大盐商胡霸天和辽东大药材商曲掌柜点头哈腰的样子可是判若两人。

小鸟游和丁凌并肩站在舱室窗口，风拂着轻薄的乳白色窗帘，不时飘落在小鸟游的削肩上,凭添几分妩媚。

小鸟游冷漠地看着外面巡捕们调查船客,淡淡地问道:"昨夜和你动手的是一个女人?"

"是!我可以确定她是女人,而且,她也在船上!"

丁凌看着耀武扬威的燕捕头,低声道:"虽然她奔向舷板,看样子是跳船离开了,但她那点障眼法,瞒不过我的眼睛!"

小鸟游的目光闪烁着奇异的光芒:"把她找出来!"

丁凌点点头,转身离开了房间。扮成青衣侍女的四罗刹始侍立在屋角,她们一言不发时,就和立在那儿的青花瓷瓶差不多,几乎让人意识不到她们的存在。丁凌一出去,六罗刹黄杏文和七罗刹何细妹就走到了小鸟游的身边。

六罗刹黄杏文道:"丁三少的武功很是了得,能和他斗个不相上下,那女人不简单!"

七罗刹何细妹不屑地撇了撇嘴角,冷笑道:"能有多厉害?有机会,我倒想领教领教!"

小鸟游微微一笑,涂着腥红蔻丹的纤纤玉指优雅地抬起,叩了叩指尖:"小七,你别不服气,三少的武功确实比你高明许多!那女人的武功既然连三少都称赞不已……"

小鸟游一笑住口,何细妹登时攥紧了拳头,指甲深深地陷入掌心，脸庞也因为羞愤而涨红起来。丁凌，是她的一个耻辱！

丁凌是闽南大海商丁氏家族的三少爷。因海盗猖獗，大明禁海，丁家想做海商生意，不免就要做些走私贩禁的勾当，而且要想保证海运安全，和海盗也难免有些勾结，后被官府查办，抄了家。

丁三少侥幸逃脱，带了三条船投奔真水岛。七罗刹一眼就相中了这个俊俏小哥，对他颇为关照。丁凌对她自然也很不错，在何细妹看来，两人已是情投意合，再加上丁凌是丧家之犬，而她却是大当家的心腹侍卫，若是她肯下嫁，丁凌一定受宠若惊。

孰料，一俟谈婚论嫁，丁凌就不肯接受了。何细妹羞愤之下，决定比武定婚姻。结果，何细妹惨败，从此对丁三少由爱生恨。这份屈辱，她一直藏在心里，从那以后，她一直努力练功，只想着有朝一日堂堂正正地打败丁凌，扬眉吐气，此时听丁凌对一个神秘女子颇为赞赏，何细妹自然大不服气。

卓佥事负着双手，昂然立在三层甲板上，明媚的阳光洒照在他的身上，额头微蹙的川字十分明显。

"你们太不小心了！"

卓佥事冷冷地说了一句，胡括和高初尴尬地站在他背后，谭启蒙脸上缠着绷带，只露出眼睛和嘴巴，吊着一只胳膊站在一边。

卓金事训斥道:"如果昨夜那人不是一记手刀斩昏你们,而是干净利落地切断你们的喉咙,怎么办?"

胡括和高初惭愧地低下了头。

卓金事沉默片刻,道:"打昏你们的人,是男是女?"

胡括和高初悄悄对视一眼,一起摇了摇头。

卓金事又道:"老谭,你呢,看清了没有?"

谭启蒙讪讪地道:"舱盖一下子就飞起来了,我被磕得晕头转向,就看到先后钻出两条人影,实在是……没看清!"

"一群废物!"

谭启蒙哭丧着脸道:"大人,我只是个药材商人,可不是你们锦衣卫神出鬼没的高手!这些飞贼大盗,一个个高来高去的,我们怎么应付得来?"

卓金事冷斥道:"你们这些惯走关外的商人,哪一个是循规蹈矩的良善人家?哼!一碰上更硬的碴儿,就成了窝囊废!"

卓金事狠狠一挥手:"下去!"

谭掌柜敢怒不敢言,带着胡括和高初悻悻地走开。

卓金事的目光落在船头,胡霸天、林羽七和阿满几人正扶栏远眺,指指点点,似乎在闲聊着什么。

马勇走近一步,此时船头只剩下他们两人。

马勇顺着卓金事的目光看向胡霸天等人，缓缓说道："据说大盗钟情貌美如花，在她身边常有两人，一个是个斯文书生模样的男人。另一个，是个矮矮壮壮的男人。这些人，貌似对不上啊！"

卓金事的目光飞快地从小鸟游伫立的窗口掠过，映入眼中的，是一道窈窕的丽影。

卓金事冷冷地道："大盗钟情纵横天下，迄今无人奈何得了她，你确定，她身边就一定只有两个人吗？"

二层甲板的一间船舱里，钟情拘谨地站在舱门口，手指捻着衣角，微微低头，回避着燕捕头的目光，一副没见过什么世面的小家碧玉模样。

燕捕头负着双手，慢悠悠地扫视了一眼船舱，很小的房间，除了一张床铺，几乎再摆不下别的东西。燕捕头把钟情的"过所"交还给她，慢慢走到床头，看着那个青布碎花的包袱，问道："这是什么？"

"这是……"

钟情眼圈一红，泫然欲泣："这是亡夫的骨灰坛。奴家……是送亡夫回故乡的。"

"红颜薄命啊！"

第三章

看了眼这招人疼的小寡妇，燕捕头怜悯之心油然而生。他这才注意到这可人的小妇人束发的绫是白的，系在窄窄腰间的带子也是白的，大概是怕在船上遭人厌弃，所以才用了这样比较隐晦的方式来戴孝。

燕捕头记得方才看她"过所"上所载籍贯是松江。从元朝时候起，松江地区因佛教徒众多，选择火化的人家也就多了起来，到了后来蔚然成风，不只佛教信徒选择火化，一些没有能力负担棺木等费用的人家也会选择火化，所以她带骨灰坛子，也属正常。

对于死者，生者总是有些忌讳的，燕捕头皱了皱眉，没有再上前去，而是向一个捕快努了努嘴，指使道："你，打开看看！"

那捕快不敢抗命，解开包袱，看见一只高大的青花瓷罐，忙双手合十拜了拜，这才打开罐口，探头往里一看，满满一坛灰白色的骨灰，那捕快忙又屏着呼吸把盖子盖上，回首向燕捕头点点头。

燕捕头带着人向下一间舱室走去，钟情站在舱门口，一脸愁苦，可是眼神里却飞快地掠过一丝狡黠的得意。但是马上，身着月白衫子、轻摇折扇的丁三少爷就跃入了她的眼帘，钟情心头一凛，立即换上无辜而柔弱的表情。

丁凌微微一笑，收了折扇，步下楼阶，向她走来。

丁凌当然认得她，她很美，可尤其叫人难忘的，是她点漆似的那双眸子，很清、很纯，仿佛两泓清泉，丁凌很少在别人眼里看到这样的神韵，那种神韵很吸引他。但更吸引他的，却是她这个人。

财神客栈的针娘，为什么上了这艘南下的客船？

举轻若重的一针、翩若游鱼的身法……

丁凌微笑着，此时的她正轻捻衣角，一脸愁苦，与昨夜的那只小野猫似乎全无相似之处。但是在丁凌眼中，眼前的女人已经和昨夜与他在底舱中动手的那个女飞贼悄然重合起来。

钟情眼角余光瞟到一双靴尖在她面前停住，最不想见到的人终究还是走到了她面前。

钟情叹了口气，缓缓抬头，就见丁凌正笑吟吟地看着她："姑娘好像有点面熟啊！"

钟情先发制人，眉头一蹙："是你！"

丁凌把折扇往掌心一敲，欣然道："哎呀！果然是你，财神客栈的那位俏针娘！姑娘，你……怎么也上了这艘客船？"

钟情侧过身去，凄然道："我家相公暴病身亡，奴家辞了工，带相公……回家乡！"

钟情说着眼圈一红，轻轻扭头，向舱中的骨灰坛子瞟了一眼。

第三章

丁凌也向舱中看了一眼，舱中有一口青灰色的骨灰坛子，丁凌很是怀疑，如果这个看起来娇怯怯的小寡妇就是昨晚所遇的泼辣女飞贼，那么坛中是否藏了她的短刀和劲装？

"人死不能复生，娘子节哀顺变！"

丁三少从善如流，马上改称"娘子"："小娘子的家乡在南边？听你口音也像呢，不知家乡何处啊？"

钟情眸波微微一闪，低声道："松江府上海县人。"

这个地址，是她伪造的"过所"上所记的地址，倒不是随口编造。

"哎呀！那真是太巧啦！"丁凌惊喜地向前迈了一步，钟情急急一退，后背便抵到了舱壁上。

"小生姓丁，丁凌！"丁三少"唰"地一下打开折扇，"青浦丁家的人，小娘子知道青浦县吧？距你们上海县很近的。"

"青浦丁家是吗？老娘记住你了！等我有空的时候，一定会去光顾！"钟情心底暗暗发狠，脸上的模样却是普通百姓见到贵公子时怯懦的慌张："是！是！知道，丁公子好！"

"哎呀！老乡见老乡，两眼泪汪汪啊！"丁三少又近一步，几乎呼吸相闻，钟情身上有股好闻的味道，昨夜与他动手的女飞贼，身上似乎也有相同的气息。当时倒是没有太注意，但隐约觉得……

"啪！"

一只大手重重地搭在了丁凌的肩上，丁凌一回头，就看到胡霸天那张充满阳刚魅力的面孔，丁凌皱了皱眉，有些不悦："什么事？"

胡霸天扮的是他姐夫，但是在这船上，就不用那么多顾忌了。胡霸天原本才是真水岛的大当家，丁家出事之前和真水岛是猫和老鼠的关系。丁家走私，胡霸天打劫，两家一直是对头。谁想到小鸟游依子横空出世，昔日的死对头也就摇身一变成了二当家和三当家。

胡霸天冷冷地道："别胡来！"

丁凌浅浅一笑："我只是和这位小娘子聊聊天、叙叙旧罢了，大家都是同乡……"

胡霸天按在他肩上的手渐渐扣紧了："人家和你很熟吗？"

丁凌的目光渐渐变得凌厉："你是不是一定要找我的麻烦？"

胡霸天道："我只是不喜欢你欺负女人！"

丁凌讥诮地道："看不出，你还是个怜香惜玉的护花人？"

胡霸天扭头看了钟情一眼，目光不由一凝。他方才只是见丁凌调戏妇人，本来就看不惯他，自然出面阻止，倒是没有仔细打量过钟情,这时一瞧,倒真被她柔弱可人的模样给吸引了。

真水岛上都是横行霸道惯了的母螃蟹,从没有一个这样的女孩,柔弱得像一朵菟丝花,打动了个性刚强的胡霸天。

"没错!我就是要做护花人!"

胡霸天转过头,胸膛挺了起来:"这朵花,老子护定了!"

官府的盘查一无所获,燕捕头本来就不确定盗贼是否还留在船上,经过一番排查,他只能判断那两个盗贼泄露行踪后就已逃之夭夭。

卓金事这个冒牌大药商想做的就是引蛇出洞,钓出女飞贼钟情,自然不想让当地官府坏了他的好事,于是这艘商船稍许耽搁后,便继续踏上了南下的道路。此时,卓金事已经把怀疑的目标锁定在了小鸟游身上。

在他看来,小鸟游十有八九就是那个大名鼎鼎的女飞贼"一见钟情"!

行行复行行,通州、沧州、德州、临清……

一天天下来,刚刚踏上旅程的新鲜感已经消失,船上的人也和世俗一样,形成了各自不同的社交圈子,在曲掌柜刻意接近之下,他和大盐商胡霸天成了可以时常对坐小酌的好朋友。

整艘船上相对孤僻、没什么朋友往来的大概只有俏寡妇韦清清了。韦清清就是钟情,她的"过所"上记载的名字叫韦清清,松江府人氏。因为死了丈夫,送丈夫骨灰返乡,所以沉默寡言、不大与人来往。

渐渐地,船上的人也知道了韦氏小娘子的遭遇,刻意与她保持着距离。人家是个寡妇,而且是个年轻俊俏的寡妇,寡妇门前是非多,可不好乱登门的。不过……丁三少可不在乎这个。

时不时地,丁三少就会去撩一撩俏寡妇韦清清,胡霸天只要看见,就一定会赶去护花。一则,他和丁凌本就不大对付;二则,这个柔弱的小寡妇确实勾起了他的保护欲,于是一个撩花、一个护花的场景屡屡上演。

对此最感不忿的便是何细妹,在她看来,那女人柔弱得不像话,要胸没胸,要屁股没屁股,哪比得了她身材惹火,这个丁三少也不知是不是眼瞎,放着她这样活色生香的女人不要,偏要去招惹一个不吉利的寡妇。

船过临清,阳光正好。

钟情搬了一个木盆在甲板上洗衣服。旁边还有一只小桶,系了绳子,丢到河里就能提水上来,浣衣倒也方便。碧绿裙摆披在

第三章

她的膝弯里,以致臀部绷得紧紧的,仿佛是用圆规画出来的,盈盈圆圆。

丁凌一步三摇地走下舷梯,目光一溜,便看到了她。丁凌微微一笑,紫竹小扇往掌心轻轻一敲,便向她走过去。

虽然自那夜之后,钟情便再无任何举动,但丁凌心中已经认定她就是那个女飞贼。只不过,这个判断成了他独享的小秘密,从未对小鸟游禀报过。他不时地骚扰钟情,其实很大程度上是对她的一种保护,谁会想到这样一个孤苦无依、时常受其骚扰的弱女子,会是那个给大家惹出大麻烦的女飞贼呢?

不过,这只是丁凌自以为是的想法,或许,他仅仅就是想撩拨这个女人,只是这个想法,连他自己都没有清楚地意识到。

钟情正低头洗着衣服,颈后几绺青丝随着海风拂动,露出她白皙娇嫩的肌肤。一听到身后的脚步声,她的娇躯不禁就绷紧了,她已经熟悉了这个脚步声,除了那个纨绔子、登徒子、人渣,还能有谁?

"清清娘子,洗衣服呢?"丁凌笑嘻嘻地打起了招呼。

钟情二话不说,端起木盆就要回屋。丁凌手持小扇将她一拦,笑吟吟地道:"清清小娘子,怎么一见老乡就要躲呢?"

他促狭地把清清两字念得含糊不清,听起来就像是"亲亲小娘子"。

钟情黛眉微颦:"丁公子,请你自重!"

丁凌微笑道:"我也不算太重,增之一分太胖,减之一分太瘦,这样子恰恰好!"

他嘴里说着,一双眼睛却是贼溜溜地瞄在钟情身上,这番话不知道是在说他自己,还是在说钟情。

丁凌身材颀长,比钟情高出大半个头,只是微微一倾身,右手一伸,潇洒地撑在壁上,有些压迫性地俯视着钟情,脸上带着一丝邪魅的笑意:"清清小娘子,你应该看得出,本公子对你一见钟情,你又何必拒人于千里之外呢!"

"一见钟情?"

钟情的心"咚"地一跳,略略抬头看了他一眼,见他一脸轻佻,绷紧的心弦这才放松。这家伙,应该只是无心之语,而非刻意提起她的绰号才对。

钟情柔弱地反抗:"丁公子,请你不要这样,我……我嫁过人的。"

丁凌笑得很邪:"我不在乎啊!只要你……今后只属于我一个人就好!"

丁凌得寸进尺,手指抬起,去钩钟情圆润白皙的下巴。他倒

第三章

要看看,这个女人究竟能忍到什么程度。

钟情的脚尖已经跃跃欲试,如果丁凌再进一步,她很可能会忍不住抬膝一顶,硬生生撞碎它,叫他以后再也没有拈花惹草的本钱。

何细妹走上三层甲板,恰好看到发生在二层甲板的这一幕。何细妹登时气不打一处来,一板脸,就往舷梯走去。恰在此时,船体猛然受到了剧烈的撞击,一股无可抵抗的大力将船整个一掀。

"哎哟!"

何细妹一声惊呼,倒身摔向舷梯,何细妹急忙扣紧船舷,脚下一个千斤坠,扎稳了身子。

正站在舱门口的钟情和丁凌措手不及,同时摔向舱内,水盆自然也扬到了空中。

"咚!"

"咚!"

先是水盆落地,水花四溅,紧接着二人结结实实地摔在榻上。

丁凌调整一下身姿,侧身而卧,惬意地托着腮,向她眨眼睛:"清清小娘子,这么快咱们就同床共榻了,你说这是不是就叫天作之合呢?"

舱外传来船老大气极败坏的吼叫声:"你们瞎了眼吗?这么

大的一条船都看不见，要笔直地撞上来？"

"撞船了？"

钟情心中一惊，她担心船舱进水，一旦沉船，来不及抢出货物的话，那棵她志在必得的千年地精也将沉入水中。钟情顾不得再听丁凌胡说八道，爬起来就往外跑，如果证明这船确已不可救，她就算暴露身份，也要立即闯进底舱，找到那棵千年老参。

船舷边已经挤了很多旅客，探着身子向外看，船老大赤着双足，跳着脚与一艘双桅木船的船主对骂着。那船装了一船石料，虽然论体形远不及这艘大船，却很沉重，把钟情所在的船侧撞出一个深凹的大洞，好在仍在吃水线以上，不用担心进水。

钟情扶着船舷看看，顿时放下心来，再往前一看，不远处就是一处码头。这一站应该是清江码头了，她更放心了，距码头近，船要修起来也方便。

码头上，一个腮生横肉的魁梧男子，手里"咣咣"地盘着两枚锃亮的钢弹，看着撞在一起的两条船，嘿嘿一笑，对旁边一个穿开襟汗衫，袒露着乌黑胸毛的大汉道："吃这一撞，他们至少得在此停留两天，足以让咱们把洪泽湖那边的人手都调过来，在前路设下埋伏，吃掉他们！"

旁边那个大汉看着那条大船，舔了舔嘴唇，贪婪地道："船上不只有值钱的财货,还有一个身娇体软的大美人,大当家,这回咱们可发达了!"

两个洪泽湖水盗看着大船三层甲板上闻警走出的小鸟游,嘿嘿地狞笑起来。

第四章

船被迫停泊，船体的损伤虽不严重，却也需要大修。船舱里，马勇站在卓金事身旁，没精打采地看着外面的修理工人："大人，眼看就要到金陵了，可那钟情还不出现，咱们不会白辛苦一趟吧？"

卓金事悠然道："咱们离开京城的第一晚，不就有人盯上咱们了吗？他们夜入舱室，却未盗取任何药材，你说他们的目标是什么？"

卓金事把茶盏往桌上轻轻一顿，肯定地道："毫无疑问，就是那株千年老参！一株老参，她可以放弃！可是，如果那株老参就是她弟弟的命，你说她还会放弃吗？"

卓金事慢慢起身，看向窗外，二层甲板上钟情刚从舱室内搬出一个木盆，想要洗衣服。卓金事的目光毫不在意地从她身上掠

第四章

过,看向小鸟游一行人,因为船要在清江码头停靠两天,所以他们一行人上岸散心去了。

卓佥事缓缓地道:"快到金陵了,她要动手的机会已经不多,图穷匕现的时候,快了!"

两天后,船只修复,继续上路。

停泊码头的这两天里,钟情并非没有想过动手,可惜卓佥事一直认为那个很妖媚的游夫人就是名满江湖的女飞贼钟情,见她离船去了城里,料她不会在这段时间动手,所以加强了戒备,以防被别人乘虚而入。

如此一来,钟情反而不易下手,只得作罢。如果卓佥事知道真正的女飞贼钟情因为他的严密防范才没有上钩,真不知该作何感想了。

淮阴到淮安的这段路九曲十八弯,很不好走,最狭窄的一段河道因为两侧决过堤,成了大片的芦苇荡,芦苇花开,船行于河上,芦苇花随风飞扬,那船仿佛飘浮在白色的云朵之上。

此情此景,自诩风流的丁三少怎么可能放过?于是,他又来了。

"小娘子,你孤身一人,今后如何过活?本公子知情识趣,堪为良配，难道你就不考虑一下吗？"

钟情难得出来放放风，没想到他跟一块狗皮膏药似的又追了上来，便没好气地一拍船舷，气恼地道："你再纠缠！信不信我踢你下水！"

丁凌笑道："踢我下水？本公子的水性，那可是划船不用桨，全靠浪啊，你说我会怕吗？哈哈哈……"

丁凌话音未落，船底突然传来一阵刺耳的摩擦声，仿佛一只粗陶的碗，被人用力拖过梨木的桌面，船在河心停住了——它居然在河心搁浅了。由于船体一顿，丁凌站立不稳，"哎哟"一声，竟然真的翻出了船舷。

"救命！救命！我不会水啊！"丁凌慌忙之中，双手扣住了船舷，悬挂在船体外面，唬得一张脸都白了，急忙向钟情呼救。

钟情见状哭笑不得。不过她虽讨厌这个纨绔子，但他除了口花花，倒没做过什么太出格的事，是以钟情略一犹豫，还是对他伸出了手。

"又出什么事了啊？"

船老大气疯了，像头咆哮的公牛般从船舱里冲出来。他在这运河上干了大半辈子，从一个小小的船夫混到如今的船老大，什

第四章

么风浪没见过,可从来没有一次像这次行船一样坎坷。

船老大飞快地爬上瞭望的吊篮,正要看个究竟,芦苇荡中突然射出一支利箭,正中他的肩膀,船老大惨叫一声,从吊篮里翻出来,重重地砸在甲板上。刚刚察觉异样,纷纷走上甲板的旅客吓得怪叫一声,登时纷纷逃向船舱。

钟情不敢显露武功,故作娇弱,丁凌同样扮成弱质纨绔,气喘吁吁,两个人各怀鬼胎,结果丁凌费了好大的力,才狼狈地爬上来。丁凌一上船,便又调笑道:"小娘子的手温润如玉,真叫人不舍得放开呢。"

钟情刚刚杏眼一瞪,一阵乱箭便射上船来,"笃笃笃"地钉在船舱上、甲板上,箭尾嗡嗡作响,甚是骇人。

丁凌怪叫一声,撒腿就跑。

钟情又好气又好笑,正要闪身躲避一下,抱头鼠窜的丁三少居然又冲回来,一把抓住她的手。钟情被他拉着跑,眼神中满满的都是惊讶。

有财神客栈先入为主的那一幕,所以钟情自始至终也没把他和自己那晚在底舱中所见的黑衣蒙面人联系起来,直到此刻,依旧把他当成一个手无缚鸡之力的纨绔,而他居然冒险返回拖自己逃命!钟情心头忽然有了一丝小小的感动。

郭栎枫带着几个武师持刀飞掠至船舷旁,矮身遮蔽,只探出一双眼睛,警惕地望向芦苇荡。

"洪泽湖好汉办事,只劫财,不要命!识相的别反抗,统统趴下!"

芦苇荡中传出一声大吼,人影幢幢,突然闪出无数的赤膊赤足、举着鱼叉、钢刀的水寇,纷纷叫嚷着向河心大船冲了过来。

"砰砰砰!"

十几条长长的踏板飞抛出来,搭在船舷上,另一侧落在浅水里,水寇几乎是片刻不停地冲进水里,向踏板登去。与此同时,又有十几根飞爪掷向船舷,在逼退想要推开踏板的武师的同时,紧紧扣住了船舷,持着长索的水寇也纷纷踏水而来。

"他奶奶的,这世道,什么妖魔鬼怪都出来了啊!"

卓金事在马勇和谭启蒙的陪同下大步流星地从船舱里走出来,马勇挽着刀花,劈开射来的利箭,卓金事怒气冲冲地走上甲板,扶舷眺望。

"天下不太平啊!"

卓金事冷笑着瞥了一眼不远处的另一间贵宾舱,胡霸天和游夫人出现在舱口,林羽七和阿满等人纷纷冲过来,持着兵刃护在他们前面。

第四章

"洪泽湖的好汉只求财,不要命,识相的趴下,不要反抗!"

水寇们纷纷叫嚷着分化人心,普通旅客全躲在船舱里瑟瑟发抖,有些胆子大的已经反应过来,到处藏匿着自己的财物。

船上的水手都贴着船舷趴了下来,双手抱头,他们很懂规矩,但"曲掌柜"的手下武师们自然不会束手就擒,他们纷纷冲到船舷边,与水寇展开了肉搏。此时冲到船舷边的水寇还不多,被他们的反扑迅速压制下去,还割断了几根飞爪的绳索,掀翻了几条踏板。可水寇众多,此起彼伏,呼啸不停,看那声势十分骇人。

卓金事站在船头眉头紧锁,马勇低声道:"大人,蚁多咬死象,再这样下去可不是办法!"

谭启蒙哭丧着脸道:"卓大人,这可怎么办啊?我可是奉公守法的商贾呀,这货要是被劫了,朝廷会不会赔偿我呀?"

卓金事冷哼一声:"他娘的,老子想钓鱼,结果却钓上来一条长虫!"

马勇迟疑道:"要不……卑职去淮阴千户所调兵来?"

卓金事犹豫了一下,摇头道:"等官兵赶到,只怕此间战事早就结束了。况且,如果调来官兵,我们的身份就暴露了,那钟情还肯上当吗?"说到这里,卓金事不由自主地望了一眼游夫人。

小鸟游淡定地看着那些冲杀过来的同行,心中实有些啼笑皆非。她正打着这批药材的主意，可没想到居然另有水寇也在觊觎这船物资。

"不能让他们坏了我们的好事！你们去帮忙！"

小鸟游一声令下，林羽七、阿满等人便毫不犹豫地扑向四面船舷，帮辽东药材商人手下的武师们护住船身。小鸟游退入船舱，瞧了一眼跟过来的胡霸天："你也去！"

胡霸天点点头，转身退了出去，何细妹立即把舱门掩上。

小鸟游伸手推开窗子，看着芦苇荡中不断涌动的人影，眉尖一挑，吴钩再扬。

她并未把这些水寇放在眼里，但此刻却不是暴露身份的时候。然而仅凭曲姓大药材商的武力，恐怕未必应付得了这么多的水寇。

略一沉吟，小鸟游便摊开手掌，一管莹白的玉箫从袖中滑出，落入掌心。玉箫一出，满室生辉，屋中五人仿佛都沐浴在乳白色的圣光之中，这柄玉箫赫然就是小鸟游那支用以号令南海群雄的"海之号角"！

据说，这支玉箫是海中异宝，拥有神奇玄异的能力，可惜传言虽多，却并没有几个人知道这管玉箫究竟能做什么，又为什么被称作"海之号角"。玉箫在手，小鸟游轻轻地摩挲着，唇角渐渐逸出一抹诡异的冷笑。

第四章

"哗"的一声,玉箫在小鸟游手中徐徐展开,登时满室圣光氤氲,更显神奇。原来这柄玉箫竟是合拢为箫,展开为扇,端的奇异。

"小心啊!"丁凌拉着钟情逃向她的舱室,不时仓皇回顾。看他模样极其狼狈,也很难让人注意到他看似慌乱的步伐,实则极其敏捷。

此时两支利箭飒然射来,丁凌吃了一惊,情急之下,把钟情用力向舱门中一甩,"扑通"一声,钟情狠狠地摔倒在床铺上,一支利箭正钉在门框上,箭尾还在嗡嗡地颤抖。另一支箭呢?钟情抬眼一望,就见丁凌趴在地上,面色痛苦,臀后正扎着一支利箭。

钟情大感意外,生死关头,他竟然为了救她,豁出性命替自己挨了一箭?要知道,救人的一刹那,他也不确定那支箭能否射中他的要害啊!从小到大,都只能孤独地用她稚嫩的肩膀照顾弟弟和二牛,却从未接受过他人庇护的钟情,心头顿时一暖。

"笃笃笃……"利箭如雨,舱壁上片刻工夫就钉了十余支箭。钟情反应过来,连忙扑上去,手忙脚乱地把丁凌拽进船舱,顺便一脚踢上舱门。

"我……我的屁股……"丁凌颤巍巍地指着自己屁股上颤巍

巍的利箭。

"死不了！"钟情斥了一句，还是凑近了去，"要不要紧？"

丁凌哭丧着脸道："又痛又麻，会不会有毒啊？"

钟情一听不禁也紧张起来："我帮你拔掉！"

丁凌急叫："别！箭上有倒钩，一拔一块肉！"

钟情也没了主意："那……那该怎么办？"

丁凌道："顺着倒钩切开，再把箭拔出来敷药止血！"

钟情呆了一呆，支吾道："我没有刀，也没有药啊！"

丁凌吃力地从腰间摸出一柄短刀和一个盛着金创药的小瓶，道："快……快动手！"

钟情看到那口短刀，目光蓦然一缩，这口刀……怎么有种似曾相识的感觉？

忽然之间，钟情想到了上次夜探底舱时曾与她交过手的那个神秘人。她迟疑着接过刀，敏锐地发现，那刀刃上有几个小小的缺口。那一晚底舱中的几番交手，电光石火般在钟情脑海中闪过，钟情恍然大悟，原来是他！

那他一直以来的纠缠，包括在自己面前故意伪装成一个手无缚鸡之力的纨绔，就意味着……他对我早已起了疑心？

钟情蹲在丁凌背后，目光被森寒的刀光映着，显得无比锐利。

第四章

此时的丁凌是完全不设防的,钟情只要手起刀落,就能干净利落地干掉他,还可以趁着船上混乱,把他的尸体丢出去,将他的死推到水寇身上。

但是……当她的目光落在插在丁凌屁股上的那支利箭时,眸中那抹寒光渐渐融化了……

小鸟游看着越来越多的洪泽湖水寇,不禁苦笑。作为一个海盗女王,她居然要帮准备下手的目标去对付一群水寇。

小鸟游把胸前的玉扇一合,变作玉箫,缓缓凑近性感的红唇,并没有声音传出来,她的手指在那白玉的洞箫上曼妙地起伏着,高频的音律在空气和水中回荡,人类的耳朵无法听到这种高频的声波,但并非所有生物都听不见。

河水突然像烧开的沸水,无数的黑鱼、鲶鱼、鲤鱼、鲢鱼、泥鳅、河蟹、虾子像疯了似的在水面上跳来跳去,由于太过密集,以致那些冲在水中,准备登船的水寇不得不惊慌地掩住头面。

这样的异动太可怕了,他们完全不明白水里究竟发生了什么,为什么这些水中生物会发出如此奇异的举动,未知的恐惧令他们心头阵阵发寒,水寇不由自主地退却,急急逃向岸边。可岸上也不安全,岸边就是芦苇荡,芦苇荡中是没膝的浅水,大群大群的飞鸟像没头苍蝇似的在芦苇荡中乱窜,蚱蜢等昆虫还有无数的青蛙劈头盖脸地扑向那些水寇,还有水蛇向他们发起了凶猛的攻击。

卓金事和马勇都呆住了。

洪泽湖大当家提着刀,正狞笑着站在芦苇荡中,等着他的部下攻上船去,替他掳来金银财宝以及那个千娇百媚的美人,忽然之间,毛蓬蓬的野鸭、黏答答的癞蛤蟆没头没脑地向他扑撞过来,他张嘴大叫,可蚱蜢立刻就冲进了他的嘴巴……

大当家怪叫一声,仰面一跤跌进水里,一条水蛇立即扑过来,狠狠一口咬住了他的鼻子。"啊!"大当家惊恐地怪叫着爬起来,鼻子上悬着那条水蛇,就像大象的鼻子,不管不顾地掉头狂奔而去。

"这是怎么回事?"

眼看即将被攻克的大船化险为夷,水寇们都在亡命地奔跑,试图逃离这些发了疯的水鸟、昆虫和鱼类,站在船舷边的人都惊呆了。水里面,各种鱼类不断地兴风作浪,跃出水面,一些扑棱着翅膀乱飞的鸟甚至扑到船上,给他们制造了不小的混乱。

小鸟游站在窗口,看着芦苇荡中挥舞刀枪疯狂远遁的水寇们的背影微微一笑,缓缓住了口,将白玉箫轻轻横在胸前。

是的,"海之号角"有号令赖水而生的生物的能力。而这,仅仅是它神秘力量的一部分，它究竟拥有多少神奇的力量，连它如今的主人小鸟游依子也不清楚。十年前，它属于海盗王徐鸿，徐鸿死后，再无人清楚它的来历和底细了。

船舱里，钟情犹豫着，将刀尖对准了丁凌屁股的位置，她得先把衣服挑开，才能给他拔箭敷药，可她还是个黄花大闺女，这实在有点强人所难。

"哐当！"

舱门被人一脚踢开，胡霸天持刀出现在舱门口。

"你做什么？"

胡霸天本来见丁凌混乱中扯了钟情冲向船舱，以为这厮色令智昏，打算趁乱对那姑娘下手。胡霸天本是海盗，却也恪守着一些盗亦有道的规矩，一见丁凌想趁人之危，胡霸天勃然大怒，解决了几个水寇便匆匆赶来，却不想钟情正持刀对着丁凌的后背。胡霸天一惊，手中长刀立即指向钟情，杀气隐然。

"啊！你来得正好！"钟情欣喜不已，"他中了箭，我……我正要帮他拔箭。"

胡霸天这才看清丁凌屁股上扎着一支箭，丁凌扭过头，哭丧着脸："姐夫，我中箭啦！你说会不会毁容啊，我这么俊俏的脸……"

胡霸天的脸皮子抽搐了几下,伤了屁股,跟脸有什么关系?这个二皮脸!

钟情如释重负地站起来:"胡大爷,人家手软脚软,不敢下手,还是你来吧。"

"我?"

胡霸天只一呆,钟情已经把丁凌的那口刀塞到了他手上。

胡霸天掂了掂刀子,钟情急急道:"等一等!我……我先回避一下!哎呀,外边……"

胡霸天道:"水寇已经退了,不用怕!"

钟情"哦"了一声,向外看了一眼,果见战事已经平息,急忙走出去,为他们掩上了舱门。

舱室内,胡霸天把那口短刀凌空一抛,刀车轮般一转,又准确地落回掌中,他冲着丁凌狞笑一声:"小子,你也有落在我手里的一天……"

丁凌趴在榻上,大声地惨叫起来:"哎哟,你轻着些,轻着些啊,好痛!流血了,流血了,我英俊的第二张脸呐……"

门外的钟情无语地向天翻了个白眼,如此自恋的男人,她还是头一回遇见!

第四章

当船上的水手持斧锯下水,开始清除船底大木的时候,钟情那间小舱室的房门这才打开,丁凌跟在胡霸天后面一瘸一拐地走了出来。胡霸天寒着一张脸,背负双手,趾高气扬,好像丁凌欠了他几吊钱似的。

丁凌一瘸一拐地凑到钟情身边,钟情没给他好脸色,只是福了一礼,轻声道:"多谢丁公子救命之恩!"

"不用谢,不用谢!"丁凌涎着脸笑,"我也知道救命之恩,你无以为报,不如你就以身相许吧?别害羞,只要你开口,我一定答应!"

回答他的是"砰"的一声响,钟情腰肢一扭,像条鱼似的,尾巴一甩就溜进了船舱。丁凌摸了摸鼻子,对胡霸天道:"你说她这是答应了呢,还是没答应呢?"

"哼!"胡霸天冷笑一声,扬长而去。

经过滩涂之险后,行船谨慎了许多,客船迅速脱离那片芦苇荡,在下一个码头停下来,等到又有两艘客货赶到,这才继续南下,眼看到了镇江地区,人烟稠密起来,船上的戒备才放松下来。

小乌游走上船头,负手站在那儿,风吹得她衣袂飘飘,仿佛一位临风的仙子,不仅岸上行人纷纷看来,就连行船的水手也对她悄悄窥视，这样光彩照人的女子，又有哪个男人会不喜欢。

"准备动手！"

小鸟游环顾两岸风光，低声吩咐了一句，绝美的脸蛋上微微露出一抹冷意。

已经不用伪装多久了，她定下的劫取药材的地点，就在这左近，运河与长江在镇江的交汇之处。她要从这里泛舟东去，直入大海，一旦到了海上，她就海阔凭鱼跃，再也没人能奈何得了她。

马勇贴着舱门的缝隙，看着胡霸天、林羽七等人神色冷峻地从小鸟游房中出来，马上回头对卓金事低声道："大人，有情况！"

卓金事端坐桌前，唇角噙着冷笑："我就知道，她不会等船过了长江。这条美人鱼……还真难捉啊！不过，既然她上钩了，那咱们就准备收网吧！"

卓金事徐徐地站起身，将外袍哗啦一扯，露出里边一身威武霸气的锦衣官服！

船头忽然冒起滚滚浓烟，风正从船头方向吹来，所以黑滚滚的浓烟弥漫开来，迅速散布了整条船。船老大胳膊吊在胸前从船舱里冲出来，气极败坏地吼道："老子这是造了什么孽啊，眼看就到终点了，怎么又起了火！是谁！是谁，究竟是谁干的！"

第四章

船老大在黑烟里咆哮了一阵,不见有人应承,只觉得一阵天旋地转,踉跄了两步,一头扑倒在地。

"烟里有迷药!"

马勇一身锦衣,刚刚推开舱门,恰看到船老大倒下,不由惊呼一声。

卓金事按刀而出,虎目一扫,沉声道:"往上风头去!"

二人冲出几步,恰见林羽七带着几个海盗持刀冲来。

马勇大喝:"锦衣卫拿人,还不束手就擒!"

林羽七喝道:"杀!"

几个穷凶极恶的海盗立即扑向马勇,卓金事却未止步,而是从马勇身旁一掠而过,他的目标是"钟情",一见钟情、两手空空的女飞贼钟情,哪会和这些小喽罗纠缠。

整艘船大乱,黑烟弥漫,到处都是刀光剑影,海盗们已经和谭启蒙谭掌柜那些护药的武师搏斗起来。

长江上游一侧的湾坳里,十几条哨船和连环舟静静地停泊在那儿,几十个袒胸赤足,头裹红巾,手提鬼头大刀,一看就是海盗的大汉正站在船上,翘首远望,一见长江下游飘起滚滚浓烟,海盗大感振奋,叫道:"大当家打来讯号了,动手!"

十几条哨船、连环船纷纷驶出湾坳,顺着长江水流向下游急急驶去。哨船单帆，使四条大桨，顺水行舟其快如飞。

钟情所在的那条大船上，一片刀光剑影，到处都是交战双方的人马，卓金事飞鱼服、绣春刀，头戴乌纱幞头，按刀巡行，威风凛凛。

小鸟游业已换了一身腥红色的忍者装束，一脸煞气，背负太刀，在四名青衣罗刹的陪同下快步走来。一个惊慌失措的富绅跑过来，看到她们，好心提醒道："别往前去，快走，有贼啊！"

何细妹冷笑一声，一把扭住他的脖子，冷酷地一扳，"咔嚓"一声，那富绅就瞪着一双惊愕的眼睛，软软地瘫倒在地上。

小鸟游目不斜视，快步前行，与卓金事恰在三层甲板的楼梯处碰个正着。

小鸟游停住脚步，向卓金事嫣然一笑："曲掌柜，一不小心就做了官差！恭喜，恭喜呀！"

卓金事哈哈大笑："任你千变万化，在我一双火眼金睛之下，也得现了原形！钟情，本官布下天罗地网，就是为了拿你归案，今天，你插翅难逃了！"

小鸟游吴钩似的双眉讶然一挑："你说什么？钟情？"

卓金事冷笑："还要装腔作势吗？你不就是号称'一见钟情，两手空空'的女飞贼钟情？"

第四章

小鸟游脸上涌起古怪的神情，缓缓地道："钟情？这个女飞贼的名号，我也略有所闻！"

卓金事吃了一惊："你不是钟情？"

小鸟游依子嫣然一笑，手抚鬓发："当然不是。陆上，钟情一枝独秀！水上，却是本姑娘称雄！小鸟游的名字，你听说过吗？"

卓金事大吃一惊，蓦然瞪大了眼睛："你是小鸟游？"

小鸟游笑容倏然一敛，手腕一甩，原本插在发髻上的一支金钗化作一道金光，飒然袭向卓金事。卓金事脸色一凛，手腕一拧，将刀挡在面门前，小小金钗钉在他的刀面上，竟然有如大锤一击，卓金事不由自主地向后滑去。

小鸟游手中太刀再度出手，拔足、弓背、一声娇叱，手中刀犹如一道闪电，猛然劈向卓金事。卓金事向后滑出三尺，脚跟在甲板上重重地一顿，这才定住身子，刀向下一沉，刚刚露出双眼，那口太刀再度呼啸而至。

卓金事骇然扬刀，"当"的一声，火花四溅，二人各自退后三步，但只一顿，便又提身扑上，缠斗在一起。

卓金事手中一口刀大开大阖，威猛无俦，刀风呼啸，刀光席卷，配着他高大魁梧的身材、一部大络腮胡子、一双铜铃般的眼睛，仿佛战神附体。而小鸟游用的却是一口太刀，削、劈、斩、刺，动作敏捷，快逾闪电。

大刀的呼啸与太刀的锐啸，交织成一首极特别的乐曲，两人一时间竟斗了个难解难分。

骤见船上生乱，迫不得已提前行动的钟情刚刚换好劲装，自船舱中掠出，将卓金事和小鸟游这番话都听在耳中，钟情不由一惊。以她的聪慧，只听到这里，便知道是锦衣卫布局要抓她，同时也明白了所谓胡霸天、游夫人等人的真正身份。

但钟情艺高人胆大，明知是陷阱，也不甘就此退去。况且这些海盗也在打药材的主意，恰是她最好的掩护，钟情趁着双方交手，立即借着处处飘散的黑烟屏息逸去。

小鸟游借腰力闪电般连劈七刀，抵住卓金事一轮暴风骤雨般的攻势，身形疾退，仿佛一只轻盈的大鸟，飘落在舷梯旁，冷声道："去甲板！"

持锏的五罗刹张芸华紧随其后，六罗刹黄杏文站在舷梯旁，冷冷地看着卓金事提刀追来，娥眉一扬，双腿稳稳地扎了一个马步，唰地一声拔剑出鞘，将剑鞘缓缓往腰带上一插，双手握剑，冷斥道："老家伙，本姑娘来陪你玩玩！"

卓向荣大吼一声，身化霹雳，刀作雷霆，一道电光急旋而下。

第四章

一见如此威势,黄杏文不禁杏眼圆睁,"呀"的一声大吼,举剑相迎,只听当的一声响,她的手中剑在一道白练般的刀光下断成两截。

黄杏文虎口震裂,鲜血淋漓,刚刚倒退一步,卓金事已飞身向前,一只官靴狠狠踢在她的胸口。黄杏文"啊"的一声惨叫,喷着鲜血倒飞出去,落向一层甲板。

卓金事冷笑一声:"你也配?"抬眼一看正沿舷梯急急而下的小鸟游,立即大步追了上去。

"扑通"一声,被卓金事踢了一脚的黄杏文结结实实地摔在一层甲板上,旁边陡然出现一双打了"倒赶千层浪"的绑腿,线条极优美,这是一个劲装女子,玄衣玄裤,纤腰一束,手握一口雪亮的短刀,正是钟情。

黄杏文吃了一惊,本能地扬起断剑,谁料钟情比她反应还快,一见她扬剑,飞起一脚就踢在她颈上,"咔嚓"一声,黄杏文的头歪曲成一个奇怪的样子,再也没了气息!钟情的父母就死在海盗手上,钟家就败落在海盗手上,对于海盗,她是毫不留情的!五罗刹在上一层甲板上看得清楚,目眦欲裂,只是她正被追上来的马勇缠住,无法抽身兼顾。

甲板上,谭药商的护卫武师与真水岛的海盗们战作一团,船底货舱的入口已经被人打开,也不知道里边是否有人,只看到一具尸体软绵绵地挂在舱口,小半截身子垂在舱内。钟情没有犹豫,持刀护住要害,一纵身就跳了进去。

船舱里也有人在交战,有海盗也有武师,无论哪一方都把钟情当成了敌人,钟情绝不停留,一沾即走,飞快地在底舱中游走着,转到她之前勘查过的地方,手起刀落斩断一口箱上的绳索,将箱盖飞快地挑起。

"原来我的那位同道中人真是姑娘你啊!"

丁凌突然出现,手指灵巧地转动着一柄×形奇门兵刃。

"又是你!"钟情目光一冷,原本因为他在水寇乱箭齐射时维护过自己的好感已经因为他的海盗身份荡然无存。

丁凌手中滴溜溜乱转的奇门兵刃"当当"两声拨开两柄向他刺来的长剑,飞起一脚又踢翻了一个武师,对钟情笑道:"我看姑娘身手不错,不如加入我们好了!"

钟情冷笑:"本姑娘不屑与你为伍!"说着也是身形错动,避开了一个武师向她劈来的两刀。

胡霸天提着一口刀冲过来,大喝道:"你小子不赶紧抢运药材,咦?"

胡霸天这才看见钟情,不禁惊愕地瞪大了眼睛:"是你?"

第四章

一瞧钟情一身劲装,手中有刀,胡霸天如何还不明白自己看走了眼,她绝非什么弱不禁风的良家妇女。不过眼下这等场面,实在容不得他多想,胡霸天只深深地盯了钟情一眼,便举刀一挑,将箱盖合拢,抬腿一踢,用了一股巧劲,那一箱药材竟被他在狭窄的底舱里笔直地踢了出去。

胡霸天大喝道:"林羽七!"

冲进底舱的海盗已经越来越多,林羽七正站在舱口位置,眼见一口药箱飞来,林羽七伸出粗壮的手臂,在箱底一旋一托,大喝道:"起!"那口箱子便被他单手托飞出了舱口,上边自有人接应,立即稳稳地接住了箱子。

被胡霸天一喝,丁凌也不再嘻皮笑脸,立即伸手探向另一口药材箱子,但他的手只是一探,马上就飞快地缩了回去。"笃"的一声,一口锋利的短刀剁在了他的手指刚刚沾过的地方,捆在药箱上的绳索应声而断。

丁凌"哇"的一声怪叫:"好狠!"

钟情没理他,一刀挑开箱子,急急翻找,想寻出那株千年老参。

"砰!"重重的一下撞击,船体猛然摇晃了一下,丁凌喝道:"小心!"伸手一扣钟情的手腕,把她往自己怀里一带。钟情大怒,抬肘就是一记撞击,疼得丁凌闷哼一声,虾米似的弯下腰去。

钟情手腕一翻，掌中刀就要刺向丁凌的后心，可她眼角余光一瞟舱壁，忽然又硬生生地停住了刀。舱壁上出现了密密麻麻的一排尖锐铁刺，她方才正贴着舱壁站着，如果不是丁凌这一扯，她就要被这排尖锐的铁刺扎成筛子了。

　　钟情看了丁凌一眼，虽然没有说话，手中刀却是一挥，"当"的一声架开一口劈向丁凌的长刀，如猱似猿地纵跃开去，继续寻找存放千年地精的长匣。

　　长江上游顺水而下的连环船此时纷纷撞击在这艘大船上，商船吃这一撞，连环船前端的尖刺便深深地扎进了舱壁，将连环船和商船牢牢地连结在了一起。

　　连环舟是两截的，前半截不载人，载以引火之物，船头不是撞角，而是几排长而锋利的铁钉，一旦撞上对方的船，就可以牢牢地扎进去，再也分不开，这时点燃引火物，断开前后两截船只，操纵后半截离开，就可以让对方的船陷入熊熊大火。

　　堆放在连环船船头的柴薪立即被点燃，滚滚火舌吞吐着，迅速引燃了大船，而坐在连环船上的海盗则将船只断开，撑着后半截船只驶开。

　　那些哨船则在海盗们摆舵摇桨、移动船帆的操作下，贴着大商船缓缓驶向另一侧，已经控制了商船甲板下游一侧的海盗们一

第四章

见哨船赶到，立即提起一袋袋的药材抛掷而下，那些药材袋子稳稳地落在了哨船上，偶尔有一两袋药材抛得偏离了位置，哨船上的海盗使长杆的铁钩一钩，便把它牢牢抓住。

"他娘的！女飞贼没抓到，倒是招来一堆牛鬼蛇神！"

卓金事越打越气，纵身一跃，像只大鸟似的从天而降，半空中扬起那口阔刀，凌厉无匹地劈了下去。一个海盗举起鬼头刀悍然迎了上去，只听"当"的一声巨响，海盗手中的刀一沉，脚下"咔嚓"一声，竟然踏碎了甲板，沉入舱底。

卓金事一刀之威，仿佛泰山压顶，小鸟游依子见状，双目不由一亮，脱口赞道："好武功！"

舱底，一袋袋药材被丁凌、胡霸天等人迅速传递上去，舱壁上已经烧开一个大口子，浓烟滚滚灌入，胡霸天喝道："不能再拖下去了，我们走！"

丁凌看了一眼底舱深处，钟情的身影若隐若现，还在船舱中奔走寻找，丁凌目光闪烁了一下，喝道："你先走！"掉头就向钟情那边赶去，此时前方浓烟滚滚，迅速模糊了他的视线。

"找到了！"

钟情欢喜地叫了一声，她拿出一口楠木长匣。据说用楠木制成食盒，就算里边盛上一碗红烧肉，从南方运到北方历经十多天工夫，食盒中的那碗红烧肉也依旧不腐不坏。这个传说虽然夸张了些，却足以可见这木材的珍贵。

底舱中灌进的烟火愈发呛人，钟情无暇仔细检查，立即抖开一块青布，将那长匣急急裹起，往肩后一背，在胸前打了个结，便向舱外逃去。

"小娘子？韦姑娘！"

丁凌持刀摸索，因为浓烟迷了路径，转悠半晌不见钟情回答，倒是被浓烟熏得直流眼泪，只好恨恨地一跺脚，也转身向外逃去。

舱外，卓金事还在与小鸟游搏斗，胡霸天等人一逃上甲板，小鸟游便吩咐道："你们上船，立即离开！"

胡霸天对小鸟游的吩咐没有丝毫质疑，他们立即纷纷跃下船舷，跳到正候在外面的哨船上。哨船立即调转船头，向下游疾驶而去。

小鸟游"唰唰唰"一连劈出三刀，逼退卓金事，一个斜插柳的身法，烟火花箭般蹿空升起，在空中横掠数丈，手中太刀倏然一闪，正与何细妹缠斗的马勇急忙把身形一侧，被小鸟游一刀刺中肩头，鲜血顿时染红了胸襟。

"马勇！"卓金事一把扶住马勇，瞪着发红的眼睛盯着立于船舷之上的小鸟游，厉声道："你的船已经开走，小鸟游，我倒

第四章

要看看，你如何离开！"

小鸟游微微一笑，忽地反手一递刀，刀过肩后利落地入鞘，她手腕一振，便从袖中滑出"海之号角"，小鸟游持箫就唇，吹了起来。卓金事见她举箫就唇，似欲吹奏，可那玉箫却未发出半点声音，不由疑道："你搞什么鬼？"

小鸟游向他妩媚地挑了挑娥眉，脸上的笑容十分诡异。

江水滔滔，看不出丝毫异样，但江底无数的鱼类却被这高频的箫音所惊，四下乱窜起来。

这时，钟情背着长形药匣从舱底跃了上来，一见甲板上混乱的情形，不由得一呆。马勇踉跄站定，扭头一看钟情一身劲装，身上却背着一口药匣，不由一呆，脱口叫道："大人，你看！"

卓金事被马勇一唤，向钟情这边一看，目光一凝，情不自禁地喝道："原来是她！"

小鸟游趁他分神睨向钟情，大喝道："走！"

何细妹等人和小鸟游同时跃出甲板，腾空闪向江面。

卓金事匆匆追到船舷边，扶栏望去，就见半空中小鸟游举箫就唇，又是一声吹奏，江面上哗啦一响，翻出几头巨大的鲟鱼。

野生鲟鱼个头极大，这几头鲟鱼都有两丈多长，重达两千多斤，小鸟游和三名女罗刹各自落在一头鲟鱼背上，稳稳地站定，鲟鱼就像有人指挥着似的,迎风破浪,追向远去的哨船。

卓金事等人见此奇景,错愕不已。钟情却没有理会这边发生了什么,千年地精到手,她恨不得插翅飞回京城,治好弟弟的病。钟情抬腿一踢,用了一股巧劲,一只木桶被她踢得旋转着飞到江中,钟情一跃而起,衣袂飘飘,已经一个箭步跃出了甲板。

"韦姑娘!"

丁凌从底舱跃出来,恰见钟情腾空而去,立即也纵身追去。

钟情凌空而行,眼见身形将落,前方水面上滴溜溜转着的正是她之前抛下的木桶。此时,衣袂猎猎,丁凌已经凌空追来,探手抓向她的足踝。钟情已经不用再扮受气小媳妇了,柳眉一竖,娇叱一声,便向他手腕踢去。

丁凌一声痛呼,坠向江中,此时钟情距长江岸边仍有相当远的距离,即便借了把力,仍旧无法跃到岸上,但身形再度将坠时,钟情一扬手,一条飞爪就像飞龙似的自她袖中飞出,横过江面,死死地扣住了一棵大树。

钟情用力一抻飞爪,再度腾空而起,被她两次借力,竟然跃到岸上。钟情片刻不停,人一登岸,立即奔去,片刻工夫轻盈的身影就消失在岸边的树林之中。

卓金事眼见小鸟游等人踏着鲟鱼乘风破浪,迅速消逝在天边,

第四章

再一扭头,看到钟情夭矫如飞,隐没于丛林之内,不禁怒喝:"他奶奶的,终日打雁,今日被雁啄了眼睛!原来她才是女飞贼钟情!更可恶的是……"

卓金事狠狠攥紧拳头,仰天怒喝:"小鸟游居然就这样从我眼皮子底下溜走了!老夫百般算计,为的就是她啊!"

马勇直勾勾地看着消失在长江尽头的小鸟游,讷讷自语:"怎么可能!那些鱼……难不成……这大鱼修炼成精,也入伙做了海盗?"

第五章

钟情四海

汴水流，泗水流，流到瓜州古渡头。

瓜州渡口瞰京口、接建康、际沧海、襟大江，每岁漕船数百万，浮江而至，百州贸易迁涉之人，往还络绎，必停泊于此，十分繁华，而今因为大批巡捕官差在此盘查行旅车船，弄得渡口更加拥挤。

钟情远远瞟了一眼瓜州渡口的热闹景象，微微一笑，踏步登上一艘小舟，向与瓜州渡口遥遥相对的金山寺驶去。

此时的金山寺所在，是屹立于长江之中的一个岛屿，万川东注，一岛中立，美似江心一朵芙蓉，尚未与南岸陆地相连。

但岛上已经非常繁华，殿宇鳞次栉比，亭台相连，遍山布满金碧辉煌的建筑，是自晋朝就建立的一座庞大禅寺。而且来此的不仅有上香的信徒，还有众多的游客。寺庙为了给游客和信徒们方便，有一些禅房是充作客舍客栈的。

钟情在这里租下了一座小院，她是个很谨慎的人，盗走千年地精，显然是桩惊天大案，因为海上群盗的所为，此案更加惊动官府，此时她是不会鲁莽地北上与钟良和二牛会合的。

这金山寺与瓜州渡很近，却有"灯下黑"的效果，而且这里是佛门清净地，就算是官府也不会轻易打扰，所以她选择这里作为暂居之所，打算等风声过去再离开。

进了房间，关好房门，钟情仔细地检查了一番自己的居所，又把窗子落了下来，这才回到桌前，打开那个青布包袱，那口楠木的药匣正静静地躺在那里。

钟情轻轻抚摸着楠木药匣，想到小弟的身体会因此痊愈，手指不禁轻轻地发起抖来。过了许久，她才平静心神，扳开铜制的卡锁，将匣盖掀开。

匣中铺着红绒，一株极大的老参静静地躺在里面，无数细密的根须都按照它本来生长的模样平铺在匣内，为了防止损坏根须，老参的主干和粗一些的根须上，都用银制的小细钉将它固定着。

钟情忍不住俯身下去，欣喜地看着那株老参，手指轻轻抚上老参，突然，匣中喷出一股白烟，钟情大吃一惊，立即腾身后跃，却已不慎吸入一丝烟气，登时天旋地转。钟情强撑着退了几步，伸手一抓，却把床榻上的半面帷幔扯了下来。

钟情眼中的一切都在旋转摇晃着，她咬着牙想让自己清醒过来，可眼皮却沉重如山，扯下的帷幔飘然落在她的身上，钟情的眼睛眨动几下，绝望地阖上了……

钟情慢慢张开眼睛，映入眼帘的是模糊的花花绿绿的颜色，视线渐渐清晰，那分明是颜色鲜明的藻井，紧跟着眼珠一错，发现一尊巨大的金色佛像，正矗立在她的面前。钟情骇然，一骨碌爬了起来。

这是一座大殿，两侧四大金刚作降龙伏虎威猛之状，正中是佛祖坐相，双手合十，宝相庄严。殿上香烟缭绕，长明灯火摇曳不停，就在香案之前，锦衣纱帽绣春刀，一名昂藏魁伟的锦衣卫正稳稳地站在那里，渊渟岳峙。

再往前看，从释迦佛像前一直到高大的殿堂大门前，两排飞鱼服、绣春刀、头戴圆顶大帽的锦衣卫枪一般扎在那里，竟给人一种铜墙铁壁般不可撼动的感觉。

"韦清清韦娘子，呵呵，想不到啊，你才是'一见钟情，两手空空'的女飞贼钟情，本官看走了眼啊！所幸的是，最终你还是落在了我的手里！"

第五章

那身材魁梧的锦衣卫缓缓转身,微笑着看向钟情,官威甚足,哪里还有一点药材商的模样,正是扮成曲掌柜的卓金事。

钟情沉声道:"是我大意了!"

卓金事得意地一笑:"你是名闻江湖的女飞贼,我也不确定能否抓得住你,所以多留了一手,不过这也只是抱着万一的希望,如果你足够小心的话……不过成功的那一刻,很多人都会放松警惕!看来钟情姑娘也不能免俗啊!"

钟情心中大悔,如果她能警惕一些,就算药匣中有机关,也未必能让她中了暗算。以前她即便盗取到什么宝物,也不会太过忘形的,但这一次……恰因为这株千年老参对她太过重要,所以竟然疏忽了。

懊恼的心情迅速驱散,钟情很快冷静下来,问道:"你是怎么找到我的?"作为一个飞天大盗,这无疑是她关心的一个要点,也许这次落网再也没有以后,检讨过失没什么用处了,但她还是想知道自己败在哪里。

卓金事又微笑起来:"本官既然知道你志在这匣千年老参,自然要在药匣上做些手脚。那药匣中不仅放了迷药,而且还藏了可供追踪的药粉。只需一头优秀的猎犬,你就跑不掉!"

钟情终于明白了,对于自己的处境,她并没有太多的担心,只是想到她一旦被捉，体弱多病的弟弟就再也无人照料，心中才升起一阵绝望。不过……她还有一个疑惑，锦衣卫是专门负责军国大事的，怎么可能大动干戈地来对付一个飞贼？

"很简单！"卓金事直截了当地回答了她的疑问，"我想要你为朝廷做一件事，只要你肯为朝廷效力，我就赦免你的罪！"

钟情顿时警觉起来，反问道："锦衣卫动用这么大的阵仗，就为了抓住我，让我替朝廷做事？你锦衣卫都无法做到的事，却寄希望于一个飞贼？"

卓金事叹息道："恰因为你是贼，所以这件事对我们来说难如登天，对你来说，却能事半功倍！"

钟情讥诮地道："你就不怕我先答应了你，然后一走了之？"

卓金事微笑道："当然不怕！我知道你为何要做飞贼，我也知道你最大的牵挂是什么，只要他掌握在我手上，就算刀山火海，你也会去！"

钟情娇躯一震："你说什么？"

惊骇的眼神一闪即逝，钟情冷笑起来："你诓我？你抓不住他的！"

卓金事微笑道："我不用去抓！令弟与你相依为命，你于他亦姐亦母，他对你何尝不是一样感情深厚？只要我放出风声，说你在我的手里,他一定会自投罗网!"

钟情的脸色终于变了,眼神凌厉如刀:"你敢伤害我弟弟,我做鬼也不会放过你!"

卓金事淡淡地道:"我锦衣卫诏狱中造出的厉鬼多了去,还怕再多一个女鬼吗?"

钟情哑然。

卓金事缓缓走到她身边,道:"皇帝不差饿兵!你为朝廷做事,朝廷自然不会亏待了你!赦免你的飞贼之罪,只是一个条件。只要你肯为朝廷做这件事,无论成败,我都承诺让你弟弟成为锦衣卫,许之以百户之职!"

卓金事盯着钟情,道:"钟姑娘,令弟有了官身,就不必再颠沛流离,你也不必再屈身为贼。凭着朝廷俸禄,他要购买药材续命,应该也够了。"

钟情心念一动,她低下头想了一阵,又缓缓抬头,道:"锦衣卫都办不了的事,恐怕没那么简单吧?"

卓金事道:"当然不简单!我也不怕告诉你,为了这件事,我已经有五个得力下属为之丧命了!这一次我之所以选择你,并不是因为我锦衣卫无人,而是因为要想取得那个人的信任,很难!"

钟情盯着他道："你想让我做什么？那个人……是谁？"

卓金事的脸色严肃起来："你已经见过她了，那个人，就是海盗女王小鸟游依子，也就是商船上的那位所谓游夫人！我要对付的人就是她！"

钟情愕然："你费尽心机，就是为了她？可你在船上，却处心积虑地设局抓我？"

卓金事苦笑："对面相逢不相识啊……我虽一直想抓她，却不知她的样貌，结果……"

卓金事露出一丝懊恼神色，重重地叹了口气，才道："你本就是名闻江湖的女飞贼，一旦投靠于她，很容易取得她的信任，何况你与她同船做过案，她更不会对你起疑！"

钟情低头沉思起来。

卓金事肃然的声音在她耳畔响起："小鸟游用了两年时间，便征服了南海三十六路匪盗，如今她还在招兵买马，已成我大明沿海最大的祸患。蛇无头不行，打掉真水岛，我朝廷水师才能顺利清剿诸岛势力！钟姑娘，这件事对朝廷至关重要，对沿海的万千百姓来说更加重要！我知道此事十分凶险，所以才肯开出这样的条件。只要你肯答应，不管成败，我都可以让你弟弟成为锦衣百户，足见诚意了吧？"

第五章

钟情缓缓抬头,看向卓金事:"你想要我杀了她?"

卓金事摇头:"杀人?当初,朝廷杀了海盗王徐鸿,结果海上之患并未因此解除!必须得重挫这群海盗,才能解决祸患!我要你潜入真水岛,谋取小鸟游的信任,从她手中偷一把扇子!"

钟情诧异地道:"一把扇子?"

卓金事道:"不错!是一柄玉扇!它是小鸟游依子号令南海群盗的兵符,可以凭此征调各路海盗听她号令。据说,这柄玉扇是用海底奇玉制成,它还有一种特殊的能力。"

钟情好奇:"特殊的能力?"

卓金事回过身来,道:"不错!不过,那只是一个传说罢了,虚无缥缈,怪力乱神,不必当真!"

钟情听了,不禁沉吟起来。

卓金事神色庄严:"一念成佛,一念成魔!究竟如何选择,钟姑娘,你要考虑仔细了。"

钟情终于意动,缓缓地道:"那株老参,我要!"

卓金事沉声道:"虽然那是大内之物,不过……只要你能盗回玉扇,本官便做主给你!"

钟情思索片刻,道:"我在岛上,可有内应?"

卓金事目中闪过一抹悲哀:"没有!我那五个得力手下,先后被派上岛去，可他们……都死了！"

钟情蹙起眉头："那么，如果我盗得玉扇，如何离开？"

卓金事微显尴尬："我的人都死在了岛上，没有一个能活着离开，所以对岛上情形所知有限。你此去，没有内应，没有外援，没有帮手，没有可以利用的任何情报，一切……都只能靠你自己！"

钟情默默抬头，看向佛祖！

佛祖稽首胸前，正慈悲地看着她。

人求佛祖，稽首参拜！佛祖稽首，所求何人呢？

求人，不如求己！

据说镇江府出了一伙江洋大盗！

据说那伙江洋大盗就是赫赫有名的海盗女王小鸟游及其下属。

据说闻名江湖的女飞贼钟情，其实也是小鸟游的人。

据说金陵那边连锦衣卫都出动了，因为他们不但劫走了一船药材，其中还包括金陵镇守太监阎剥皮的一株千年地精。

消息不胫而走，很快衍化出无数栩栩如生的版本，被一个个好事者绘声绘色地传扬开来。

第五章

经过众人不断添油加醋之后的故事版本虽与事实真相相去甚远，但钟情的确在逃亡。

自从她联络到自己的弟弟，亲眼看到他得了官印和正式的任命文书，她就开始了逃亡！

钟情确实是一个女飞贼，这个身份使她打入真水岛并且迅速取信于真水岛大当家小鸟游成为极大可能，但是还需要给她营造一个上天入地都无处脱身、必须逃亡海上的理由，于是官府展开了真正的追杀。

钟情的逃亡是假的，也是真的。因为很多参与追捕的六扇门高手并不知道她负有怎样的使命。这个坚强而独立的女孩子渡过长江，一路南下，辗转千里，逃到了温州附近的岐头寨。

此时的钟情十分狼狈，嘴唇皲裂，风尘仆仆，右肩还有一道染透了衣衫的血迹，手中有一口剑，也不知是何时夺自锦衣卫，剑刃上满是豆粒大的缺口，可见一路上曾经经历过多少次激烈的战斗。

年轻貌美的女子大多都很注重自己的仪表，而钟情此时的狼狈却是任谁都看得出来，她那双美丽的眼睛，时时闪烁着狼一般凶狠而警觉的目光，那要经历无数厮杀，才会出现。

林中静寂，有鸟叫声频起，照理说不该有人，但钟情却凭着直觉，感觉到似乎有人蹑在她的身后。

钟情背靠一棵合抱粗的大树站定，警惕地用眼神四下搜索了一阵，又轻轻闭上眼睛，一面恢复体力，调匀呼吸，一面感应着四周。

大树后面，倏然出现一角衣袍，一只手悄悄探向钟情。钟情仿佛丝毫没有察觉那人的动静，可是那只手将要触及她衣袂的时候，钟情突然动了。她左腕一动，狠狠一剑，便向右侧斫去。

那手倏然缩回，钟情急转身，化斫为刺，贴着合抱粗的大树向后刺去，树后人腾身后跃，钟情已游龙般绕过大树，又是一剑，如慧星横空，斜掠向上，切向他的咽喉。

那人实未料到钟情的招数居然如此凌厉，仓皇之下不及应变，只得一个懒驴打滚，贴着一尺多高松软腐烂的树叶层翻滚出去。钟情动如脱兔，松软的落叶层上不宜腾挪，竟也果断弃剑，纵身扑去，一招金丝缠腕，锁住他的左臂，一手叉向他的咽喉。

北方武术大开大阖，尤重腿功，而南拳一系则以近身散打为主，钟情这招南派小擒拿手并非家门武功，却是学自父亲当年一位南派拳系的好友。那人双手高举，并未还手，只是叫道："不要动手！是我！"

钟情陡然停住，蓄势待发，待看清对手模样，不禁张大双眼，

第五章

讶声问道:"是你?"

身下那人,可不就是在长江上被她踢入江水的丁凌丁三少?

丁凌笑答道:"可不就是我!"

钟情长长地吁了口气,警觉地左右看看,才松开他的手臂,飞快地闪出安全距离:"你没被锦衣卫抓住?"

丁凌起身,掸着身上的枯枝败叶,扬扬自得道:"当然没有,我是什么人?只要一进水,便是一条龙,谁能抓得住我!"

钟情冷哂道:"我倒忘了,你是海盗!"

卓金事为了配合钟情,公开了镇江劫案的主犯小鸟游依子一群人的身份,同时把钟情判定为海盗放在陆地上的眼线,同样画影图形,满天下地通缉。所以,钟情知道丁凌的真实身份,同样地,丁凌知道钟情的真实名姓便也顺理成章了。

丁凌摊了摊手,道:"海盗和飞贼,其实也差不多。"

一见钟情又要理论,丁凌赶紧摆手道:"罢了罢了,不和你吵!你……怎么如此狼狈?"

丁凌如此一说,钟情顿时一脸愤怒:"还不是因为你们!朝廷把我当成了你们的同党,这一来,整个天下再无我立足之地了!"

丁凌笑道:"不然的话,你以为朝廷就容得下一个飞贼?钟姑娘，陆地既已不宜居，何不入我真水岛！"

钟情目光一闪，看了看他同样落魄的模样，看来为了应付官府的缉捕，他也没少吃苦，钟情不禁问道："你脱困后没回海上？"

丁凌道："我想……你应该已无处可去，所以想找到你，带你一起出海！"

钟情怔住了。

丁凌道："你不信？"

钟情的声音又冷下来："为什么你想带我？"

丁凌柔声答道："窈窕女贼，海盗好逑！这理由可不可以？"

钟情冷笑道："跟你出海，受你庇护，是不是就得做你的女人？"

丁凌微笑："我不会强迫你！"

钟情紧紧盯着他："此言当真？"

丁凌道："若有半字虚假，让我葬身鱼腹，永不超生！"

钟情紧紧地盯着丁凌，缓缓点头："好！我跟你出海！"

钟情语气一顿，又补充了一句："仅此而已！"

丁凌用有趣的眼神看着她，脸上慢慢绽开了笑容："随时欢迎你改变主意！"

钟情本就是借朝廷追捕为由，想要投靠真水岛，所以她是一

第五章

路往南逃的,此时她已置身温州附近的岐头寨地区。丁凌找到她后,便领着她赶往岐头寨。

一路行去,钟情忍不住问道:"官府正满天下地通缉我们,我们公开赶往岐头寨,合适吗?"

丁凌微笑道:"那是临海的一个小渔村,通常这种地方,都是官府鞭长莫及之所在,何况寨子里有我们的人!"

岐头寨不大,外乡人更不多,所以钟情一进寨子马上引起了当地人的注意,但丁凌显然不是头一回来这里。他带着钟情,轻车熟路地在一处卖鱼干的店铺前停住,轰开一筐筐鱼干上的苍蝇,对坐在后面打瞌睡的店主说了几句莫名其妙的话,就被领进了后院。

后院颇大,一张大网正架在杆子上,有人在进行着织补。大网旁边有几个马扎,马扎上坐着三个人,阿满和七罗刹中的老幺何细妹,还有一个看起来朴实憨厚、肤色黧黑的渔民。

一见丁凌走进后院,何细妹腾地一下跳起来,脸上露出一丝喜色,嗔怪道:"你怎么这么久才赶来,我以为你被官府……"

何细妹陡然止住脚步,脸色一寒:"你这么久不见踪影,害我担心,还以为你被官府抓住,原来,你跟这个女人在一起?"

丁凌没有理她,径直走向阿满:"这位姑娘就是江湖上大名鼎鼎的女飞贼钟情,如今朝廷满天下地通缉她,我要带她投奔大当家,你尽快安排一艘船。"

何细妹被丁凌的无视气得发疯,怒吼道:"你有没有听到我说话?"

丁凌睨了她一眼:"什么事?"

何细妹被丁凌气得发抖:"你……你为什么要带她上岛?"

钟情慢慢踱过来,瞟了妒火中烧的何细妹一眼,对丁凌道:"你的女人?"

丁凌反问:"我眼光有那么差吗?"

钟情牵了牵嘴角,没理会他这句话。在财神客栈的那一幕她可没有忘记,这家伙分明就是一头来者不拒的种猪,他的话能相信吗?

何细妹被二人这一番对答气坏了,她陡然拔剑,可她的剑堪堪拔出一尺,丁凌手中就变魔术般跳出一把黑黝黝的×形奇门兵刃。

钟情曾在商船底舱里与他交过手,见过他的这把奇门兵刃,但这把兵器本来就是黑色,底舱中又昏暗,在他的舞动下只能看到一个隐约的轮廓,这时还是头一回看清它的全貌。

这把兵器不知用什么材料制成,黑黝黝的,只在四边锋刃部分露出浅浅的一道白刃,却足显锋利,而且显得极为厚重结实,但它实际上并不厚,交叉形成的利刃是扁平的,这样的兵器显然极适合在水下使用。

丁凌奇门兵刃入手,只在掌心一弹,就"当"的一声,分成了两把两头尖利、中间可握的梭形兵刃。丁凌两手各握一把,一把抵住何细妹的剑锷,一把压在她的颈上,何细妹登时不敢再动。

丁凌的目光冷厉起来:"千军易得,一将难求!大当家如今正在招兵买马,汇聚天下英才。钟姑娘是个有本事的人,我招揽她去真水岛,是为大当家效力!你胡闹什么?"

何细妹冷笑:"我胡闹?姓丁的,你是要招揽她为大当家效力,还是到你的床上为你效力?你说清楚!"

丁凌的眸子寒光闪动,沉声道:"与你何干!细妹子,我是三当家,此间我最大,你想以下犯上吗?"

何细妹大怒:"你!"

丁凌冷笑:"我怎样?"

阿满赶紧相劝:"丁三爷,何姑娘,两位息怒,息怒啊。"

丁凌道:"你速去安排,我要带钟姑娘出海!"

何细妹怒喝:"不许去!"

阿满为难:"这……这……"

丁凌冷笑:"你听我的还是听她的?"

阿满慌忙道:"属下自然是听三爷的!"

何细妹愤怒至极,身形一转,拂袖而去。

阿满不安地道:"三爷,你看……"

丁凌淡淡地道:"不用理她!速去安排!"

"是!"

阿满答应一声,带着那个肤色黧黑的渔夫匆匆离开了。

钟情一直冷眼旁观,这时悠然说道:"你们真水岛,似乎并非铁板一块啊!"

丁凌瞟了她一眼,道:"天下哪有铁板一块的势力,我真水岛大当家小鸟游,你在船上见过了,就是游夫人。二当家胡霸天,是我的死对头。真水岛上势力三分,三足鼎立,已经算是非常稳固!"

"真水岛上势力三分?"

钟情微微眯了眯眼睛。

海水拍打着岸边,一片礁石旁,一艘双桅木船静静地停泊在那儿。

湛蓝的大海上波涛不停地起伏着,轻轻拍打着船体,发出哗

第五章

哗的响声,极目远眺,海天一色,分不清何处是海何处是天,高悬在天空的太阳将炽烈的光洒下来,就连海水泛起的粼粼波光都有些耀眼。

海鸟翱翔在海上,时而发出一声悦耳的鸣叫,迅速敛翼冲向海面,有力的羽翼再一展,振翅而起的时候,已经叼起一条银光闪闪的肥鱼。时而也有一些不怕海鸟的飞鱼奋力跃出水面,滑翔一段后重新扎入大海,使得整片大海洋溢着无限生机。

海面上风不大,虽然波涛起伏,但是并不十分汹涌,这一切形成一幅极美的图画,尤其是那艘充满了时代韵味的陈旧的双桅木船,更是给这片海洋增添了许多年代感。

木质的船体已经看不出本色,靠近水面的船舷上还生着许多藤壶和藻类,船面上散放着乱糟糟的绳索,还有一些堆放在甲板上的破渔网。一些水手赤裸着黑黝黝、结实有力的臂膀,光着一双大腿,只在腰间缠着一块看不出颜色的布料,在甲板上走来走去。

他们的双脚脚趾看起来要比普通人更长,也更分开,足趾稳稳地扣着地面,使得他们在摇晃不定的船面上可以极其平稳地行走。

他们的头发也乱糟糟的,有的人只是简单扎一个发髻,用木棍扎好。有些根本就是像狮子一样,顶着一头凌乱的头发,丝毫不加修理。钟情沿着踏板走上船,近处去看,一切显得更加肮脏凌乱。

甲板上有一片片鱼鳞,根本没有冲洗,以致腥气扑鼻。船首铁锚锈迹斑斑,这些海盗一切靠抢,对于他们赖以生存的船只,都缺少必要的保养,看样子除非这船已经驶不动了,否则他们是不会大修的。

丁凌显然注意到了钟情的脸色,微笑着解释:"这些只是伪装,虽说镇上已经有很多人知道我们是干什么的,但小心为上,一些必要的防范还是要有的。其实这条船,跑得非常快!"

这时候,何细妹从船舱中走了出来,她的模样同在陆地上时已经大为不同,裤腿挽着,露出纤细优美的足踝,脚下是一双蒲草鞋子,十趾如卧茧。下身着一条只及膝下的喇叭口的裤子,上身短衫也甚短,一抬臂腰间便露出一片紧致的肌肤。

水手们上上下下地搬运着货物,何细妹冷冷地盯了他们一眼,蛮腰一扭进了船舱。

船离岸了,海鸥低翔欢叫,船帆鼓满了风,犁开碧蓝色的海水,向着浩瀚的大海驶去。

第五章

船行甚速，也不知走了多久，船上突然响起呜呜的海螺声。

钟情住在前舱，听到声音，立即疾步走出船舱，就见阿满和一些水手正站在一侧船舷边，对着远处指指点点。远处有三条大船，正迅疾地向他们驶来，在三艘大船的后面，隐隐约约是一个海岛。三艘大船呈品字形，包围他们的意图十分明显。

阿满扭过头来，大声道："小古，挂旗子！"

"好嘞！"

一个瘦瘦的水手，像一只灵巧的猿猴飞快地爬上桅杆，把一面绘着海螺的三角旗子挂在了桅杆顶上，旗子立即迎风飘扬起来。

一见这面绘有螺号的旗子，远处的三艘大船马上慢了下来，它们慢慢地划着弧线，画了一个半圆，转向驶走了。

阿满骂骂咧咧地嘟囔了一句，一扭头看见钟情，便咧嘴一笑，道："姑娘不用担心，回舱休息吧。"

钟情道："那些人是？"

阿满道："他们是洞头岛的海盗。"

钟情的目光一闪，道："洞头岛的海盗一见你们的旗子就打道回府了，真水岛还真是不简单啊。"

阿满打个哈哈，道："那是当然，洞头岛也得听我们大当家号令，这片海域，三十六岛海盗，莫不唯我真水岛马首是瞻！"

阿满说完这句话，走向甲板，大声嚷嚷道："满帆前进！"

双桅的帆，雪白如云，鼓满了风，带着那船，像一条长了翅膀的飞鱼，向南海破浪前进。

船在水面上行驶得又快又稳。

碧浪无垠，放眼前后左右，俱是碧蓝一片，海天相连，除此之外，再无所见，不管是船只、岛屿或是云彩。

钟情幼年时曾经由父亲带着不止一次出过海，但是自从家遭大难，便忙于生计，再也没有机会了。此时，她驻足船尾，看着那雪白的浪花，想起许多童年往事，不由心潮起伏。

船舱里，何细妹嫉恨地看着钟情的背影，海风拂来，掠动钟情的发丝，她站在那里，似乎与旁人也没有什么不同，可就是透着一种从骨子里散发出来的优雅、高贵。那是她自幼熏陶出来的气质，虽然后来家道中落，她被迫沦为飞贼，可这种气质却并未消失，这让何细妹更是自惭形秽。

钟情双手扶着船舷，纵目望着远处，已经看不见陆地，茫茫一片，尽是无垠的海水。

忽然，她察觉到有人靠近，扭头一看，却见何细妹已经站到身边，正满怀敌意地看着她。

"你在陆上已然走投无路，想依靠丁三少，求得一条生路？"

第五章

钟情挑了挑眉:"有什么不妥?"

何细妹道:"丁凌这个人,很不靠谱!"

"哦?"

钟情要潜伏真水岛,伺机窃取小鸟游的兵符玉扇,正需对岛上情形有所了解,如今有人主动介绍,钟情求之不得。她唇角微微漾起一丝笑意,道:"有什么不靠谱?"

何细妹道:"此人原本是闽南大豪绅丁家的三公子,纨绔少爷,风流成性,到处拈花惹草,却从不肯有所承担。这样的男人,你觉得靠得住吗?"

钟情笑了笑,揶揄道:"似乎你吃过他的亏?"

何细妹气红了脸,冷冷地道:"我好言提醒,你不要当作耳旁风!"

钟情道:"谢谢你的金玉良言,我若并不放在心上呢?"

何细妹脸色一厉,恨声道:"那我就杀了你!"

何细妹右手陡出,锁扣如钳,狠狠地叼向钟情的咽喉。

"锁喉功?"

钟情冷笑,立即屈指如鹰爪,扣向何细妹的肘弯。何细妹马上撤掌,屈肘撮指,形如鹤喙,叼向钟情的手腕。

正擒拿、反擒拿、穴位擒拿、关节擒拿、单手擒拿、双手擒拿……

二人下盘几乎不动,偶尔抬腿腾挪一步,但再落足时,又会回到原位,全凭双手在极小范围内,闪电般过招交手。

钟情一招单臂摘月,何细妹仰身避让,钟情趁机又是一招压臂换枕,死死锁住何细妹,将她扣按在船舷上,冷笑道:"你杀不了我!"

何细妹咬牙道:"真水岛不是你能去的地方!"

钟情道:"我想去哪儿,轮不到你来指手画脚!这一次,我放过你,再有下次,我就不客气了!"

钟情缓缓放开何细妹,慢慢退了一步。何细妹站起身,咬牙切齿地瞪着钟情:"下一次?上了真水岛,就是我的地盘,到时候,看你怎么死!"

"啪!啪!啪!"

丁凌拍着手,从舱壁一角转了出来,脸上带笑:"精彩!很精彩!钟姑娘,你身手果然不凡!"

何细妹瞪着丁凌,怒声道:"姓丁的,原来你一直在旁边看热闹!"

丁凌笑了笑,眸光却透着一抹冷意:"细妹子,钟姑娘是我招揽上岛的,你找她的麻烦,就是削我丁某人的脸面,这一点,你最好记清楚!"

何细妹愤怒地道:"丁凌,你这个无情无义之人,对我始乱终弃,如今又想勾搭别人……"

丁凌脸上露出无奈之色,摊了摊手道:"细妹子,我和你连一天的露水夫妻都没做过,何来的始乱终弃?你这罪名,我愧不敢当啊!"

"你……"

何细妹语塞,扭头瞪了钟情一眼,恶狠狠地道:"此人风流成性,喜新厌旧,你若从了他,早晚后悔!"

钟情淡淡地道:"我的事,不劳姑娘你操心!"

何细妹冷笑一声,拂袖而去。

钟情淡淡地瞟了她的背影一眼,又看向丁凌:"何细妹是你们大当家身边的七罗刹之一,她若有心找我麻烦……"

"有我在!"

丁凌脸上依旧浅笑,但已有不怒自威的意味。

钟情转向船外站定。丁凌走过来,也扶舷站定。

二人沉默了一阵,钟情开口道:"你们大当家,是扶桑人?"

丁凌微微点头:"据说,小鸟游是一个日本大名的女儿,父亲战败,她本人也成为胜利者的姬妾。后来,她的男人又被另一位大名打败,她就逃到海上,沦为双屿岛大海盗黎大隐的玩物,没人想得到,她本就会武,更曾师从日本名剑客佐佐木小次郎。后来……她杀了黎大隐,提着他的人头,逃到了真水岛。"

"小鸟游带着她从双屿岛救出来的六个饱受海盗欺凌的女人,这六人也就是如今的七罗刹中前六人了,她们的武功,多半都由小鸟游传授,所以对小鸟游忠心耿耿,亦师亦姐。"

钟情忍不住问道:"那细妹子呢?"

虽然,她对丁凌和何细妹之间的烂事并不关心,但好奇心是人的天性,还是忍不住问了出来。

丁凌道:"何细妹,是小鸟游成为真水岛之主后才招揽的人,与那六人不同。我丁家骤逢大难,逃到真水岛后,她……对我不错。那时,我寄人篱下,尚未成为真水岛的三当家,有人示好,也就不免……"

钟情讥诮地道:"不免虚与委蛇,半推半就?"

丁凌微微侧身,眸中带着一抹笑意:"怎么,你在吃醋?"

"我?哈!"

钟情不屑地哼了一声,转身欲走,被丁凌一把抓住。

钟情瞟了眼他的手,冷冷地道:"放开!"

丁凌笑了笑,慢慢松开手,道:"投之以桃,报之以李。她

第五章

对我不错，我对她自然也不错！所以，细妹子难免会有所误会，以为我属意于她，后来便提出要嫁给我！"

钟情道："而你并未答应？"

丁凌摸了摸鼻子，深深地看了钟情一眼："我对将要相伴一生的女人，可是很挑剔的！"

钟情并未理会他意味深长的眼神，问道："所以她因爱生恨？"

丁凌又摊了摊手："你们女人，大多都是很小气的。"

钟情板起脸："我如今也要寄于你的篱下，是不是也得对你虚与委蛇？"

丁凌认真地道："我说过，不会强迫你！"

钟情凝视丁凌良久，缓缓点头："希望你言而有信！"

丁凌吁了口气，又转向大海，悠悠说道："真水岛，原本是胡霸天的地盘，小鸟游逃到真水岛后，向胡霸天挑战，胡霸天三战三败，便按照赌约，将大当家的位置拱手相让。真水岛在胡霸天手中时，势力并不大，有时打劫，有时走私，聊以糊口罢了。但小鸟游虽是女子，野心却比他大得多，如今……小鸟游已经征服三十六岛，堪称一方女王！"

钟情长长地吸了口气，轻轻地道："那位胡大当家……"

丁凌纠正道："是胡二当家！"

钟情笑笑，道："那位胡二当家，倒是一个言而有信的人！否则，他既有地利，又有人和，如果比武落败反悔，小鸟游恐怕也奈何不了他。"

丁凌点头道："这倒是，胡霸天这厮，也就只剩下这么一个长处了，重诺。不过，他也公开声明过，总有一天，要堂堂正正地击败小鸟游，重新夺回大当家的位置！"

钟情有些讶异："那……小鸟游居然还容得下他？"

丁凌笑笑，道："小鸟游的胸襟气魄不让须眉，这也是诸多海盗肯臣服于她的原因。不过，她也并非狂妄自大，以为单凭一身武力，就能纵横天下。提拔我，就是她防患于未然的一种手段！"

钟情试探地道："牵制？"

丁凌颔首道："不错！牵制，平衡，帝王心术！在这一点上，小鸟游做得并不比她的武功逊色。"

钟情认真地听着他的每一句话，也许他无意中的一句话，在未来就会对她有所帮助。她还有责任未了，所以她不能死，要活着就必须得小心，所以此次卧底，她像每一次做案踩盘子时一样，很认真。

丁凌看了她一眼，英俊的脸上又露出了邪邪的笑意："丁家三少昔日是闽南豪门，不缺女人。成为三当家之后，要想找个女

第五章

人,依旧不难。不过在这一点上,我一向还算洁身自爱。唯有对姑娘你,可谓一见钟情……"

"一见钟情……"钟情似笑非笑地看着他,道,"你忘了我的绰号?就不怕两手空空吗?"

丁凌脸上的笑容更迷人了:"不怕!只要你偷的时候,把我的心一起偷走就好!"

钟情撇撇嘴道:"我对你,没兴趣!"

丁凌委屈地反问:"我哪里不好?"

桅杆吊篮上,负责探望的水手高声喊了起来:"马上回岛啦!"

钟情抬头望去,远方影影绰绰出现一个小小的黑点。虽然看到了,可还远得很。

钟情目光一垂,忽然发现湛蓝的水面上涌起一阵波澜,风从他们所乘的船的后面来,正鼓帆而行,前方本不该有浪涌来,但此时似乎有一种超乎自然的力量鼓动着海水,不但抵消了涌去的海浪,还让它逆向冲来。

钟情不禁一声惊呼:"那是什么?"

丁凌扭头,也发现了异状,不禁惊疑一声,探身向海中一看,顿时瞳孔一缩。

一条巨大的银灰色鱼影正迎面游来,丁凌和钟情站在船头最高处,却还是看不清这条鱼的全身,只看见一个巨大的鱼头迎过来,直接扎进船底的海水,接着是庞大的鱼身,直到一个巨大的鱼尾。

大鱼经过,船因为大鱼带动的水流涌动,一阵急剧的颠簸,仿佛一辆木轮车行走在卵石的沙滩上,颠簸得厉害。

阿满赤着双脚,在甲板上紧张地跑来跑去,水手们也是纷纷扶着船舷,惊叹地看向水中。很显然,这么大的鱼,不只是不常到海上的钟情没见过,就是这些以海为生的水手也不常见,否则不会如此失态。

何细妹也闻警冲到甲板上,却只来得及看到那滑过的巨大鱼尾,不禁骇然道:"这是什么东西?"

丁凌蹙着眉,疑惑道:"一条比船还大的鱼!这东西可不多见!"

一层甲板上,阿满抹了一把汗水,庆幸道:"幸好那鱼不曾撞上来,不然的话,咱们这船定要让它掀翻了去。赶紧取香炉来,我要拜龙王爷!"

钟情听着阿满高声说话,忽然发现海上又涌起了逆浪,不禁失声叫起来:"还有一条大鱼!比刚才那条还大!"

丁凌向海上望去,就见远处的海面沸腾起来,那沸腾的水面

第五章

越来越近,钟情脱口叫道:"不对!不是一条大鱼!是……好多好多小鱼!"

那小鱼其实并不小,说它小,只是比起方才那条大鱼来它显得实在是太小了。但是架不住它的数量多,成千上万地,跳跃着游弋于海面之上,铺天盖地,汹涌而来。每一条都有一张占去了三分之一身长的嘴巴,锋利如箭。

阿满站在船头,惊愕地张大嘴巴,失声叫道:"是箭鱼,快躲起来!"

几乎是片刻,他们前方的视线就不见大海,只见飞鱼了!

整艘船都受到了冲击,那些疯狂的箭鱼似乎在逃避什么,疯了似的扑上来,根本无视这迎面而来的大船。它们那长矛般的长颌穿透了船底,穿透了桅杆,穿透了帆布,片刻工夫,船帆就已千疮百孔,而迎着海面的船舷上则挂满了长长的箭鱼。

船上有两个来不及躲避的水手被飞跃而至的箭鱼洞穿了身体,如万箭攒心,死得不能再死了。而躲在船舷内侧的水手,也有因箭鱼的长颌刺穿船舷而伤及身体的。

钟情和丁凌站在最高一层的甲板上,箭鱼跃得没有那么高,侥幸逃过了箭鱼的自杀式攻击,可亲眼目睹这一切,二人也不禁面如土色,丁凌脸色凝重地道:"近来真水岛频现异象,这可不是什么好兆头!"

闻警躲到船头的何细妹嗤的一声冷笑,道:"当然不是好兆头!"

何细妹满怀敌意地看了钟情一眼,对丁凌道:"你给真水岛,招来一个大祸害!"

丁凌看看何细妹,又看看钟情,一本正经地道:"她是祸水!你,才是祸害!"

第六章

钟情四海

水滴状的真水岛渐渐近了,海岛圆头高、尖头低,圆头部位距海面足有几十丈高,峭壁悬崖,整个地势向尖头的方向渐渐倾斜下来,探入海水,低处两侧是许多的明礁和暗礁,无论大船小船均无法通过,唯一的通道,只有尖头位置一条狭窄的水道,易守难攻。

岸边修有简陋的码头,岛上负责瞭望的人老远就看到了这艘远来的船,认清了船上的标志,胡霸天和七八个人正在码头上,看到船来,便懒洋洋地迎上来,等着船舶靠岸。船在码头抛锚了,缆绳抛到岸上,拴在了圆石柱上,跳板搭好,阿满率先走了下去。

丁凌彬彬有礼地对钟情道:"钟姑娘,请!"

钟情长长地吸了口气,压住心头的紧张,坦然走了下去。孤身入虎穴,一个不慎,就是功败身亡,甚至还会受到可怕的凌

第六章

辱……钟情心中岂能不紧张。

那些水手盯着她姣好迷人的身段时眼中满是贪婪的欲望，只因他们把她当成了同类，而且是阶级更高的同类，所以才不敢放肆，可以预料，一旦身份暴露，她将会沦为这群饿狼的玩物，也许那时死亡才是最好的结果。

在这样的环境中，丁凌反而不那么讨厌了。毕竟，他虽然油嘴滑舌，可实际上对她并没有什么过分的举动。而且，他的眼睛……钟情能够感觉到，他的眼神里并没有那种野兽般的贪婪，这令她在群狼环伺的环境里，反而觉得亲近了许多。

五位罗刹女联袂赶来，见船体上满是箭鱼的尸体，也知道他们遭遇了箭鱼群，连忙紧张地向船头张望，看到七罗刹何细妹，这才松了口气。但是紧接着，五罗刹张芸华就看到了钟情，登时脸色一变。

"是她！"

大罗刹天河惠子睨了她一眼，道："怎么？"

张芸华咬牙道："六妹就是死在她的手上！"

"什么？"

几个罗刹女脸色倏变。

丁凌与钟情并肩下船，何细妹满面嫉恨地跟在后面。这时，五罗刹忽然齐刷刷地拦在了前面。

丁凌眉头一皱,沉声道:"你们要干什么?"

天河惠子一指钟情,用生硬的汉语冷冷说道:"此人,要死!"

丁凌的脸色沉了下来:"她是我招揽回来的人,你们安敢放肆!"

五罗刹张芸华怒声道:"三少,杏文就是被她杀的!我们要为六妹报仇!"

丁凌吃了一惊,飞快地看了钟情一眼。钟情也是心头一紧,故作镇静地道:"你说船上那个女人?是她想要杀我,我才踢了她一脚。而且,她当时受了重伤,本就要死了!"

丁凌正色道:"我不管之前发生了什么,那时各为其主,死得其所。如今,钟姑娘是我请回来的人,就容不得别人对她无礼!"

何细妹见丁凌如此维护钟情,更是无比嫉恨,她本就视钟情为眼中钉,只是迫于丁凌地位比她高,所以奈何不了她。如今有了借口,哪里还能忍耐,马上拔剑,咬着牙,一言未发便刺向钟情的后心。

钟情何等警觉,何细妹刚刚举剑,她就察觉了身后的动静,马上侧身一闪,整个人在船梯外一旋,单手一撑,又跃回踏板,那柄满是缺口的长剑便握在手中。何细妹尖叫道:"你杀了六姐,我要你偿命!"

丁凌大怒,伸手拔剑,喝道:"何细妹,你眼里还有我这个三爷吗!"

何细妹怒道:"当初若不是本姑娘接引,你这丧家之犬能成为真水岛的三当家?忘恩负义!"

何细妹说着便向钟情冲去,可丁凌长剑一抖便挡住了她的去路。何细妹气得浑身发抖,道:"她不是名震江湖的女飞贼吗?需你如此维护的话,还有什么资格为大当家效力?我此刻代表罗刹七女向她挑战!如果她能赢了我,才够资格上岛,过往一切,我们也一概不咎!"

船上的水手和岸上的汉子们抱臂而立,一副看戏的模样,胡霸天皱了皱眉头,没有说什么。钟情只扫了一眼,就知道此刻的她处于绝对孤立的状态,除了丁凌没有人站在她这边,她要在这孤悬海外的岛上活下去,要在狼群中活下去,就必须比狼更狠。

钟情立即握紧了剑,沉声道:"好!我接受!"

丁凌担心道:"钟姑娘!"

何细妹大喜,生怕她反悔,马上道:"好!你我这便一战!刀剑无眼,生死各安天命,不得怨天尤人!"

丁凌急道:"钟姑娘,你不必接受挑战,你是我丁某请上岛的人，丁某人若是保不住你，也没脸做这三当家了……"

钟情摇摇头，深深地望了他一眼："多谢三爷！我愿意接受挑战！"

胡霸天大笑起来，举步上前："好啊！你们这个赌约，我胡霸天来做中人，如何？"

胡霸天赤着双脚，裸着臂膀，一身腱子肉，胸腹间六块腹肌，显得极为雄壮。

他站定身子，看了钟情一眼，笑吟吟地道："天下第一女飞贼，哈哈！胡某居然看走了眼，误把你当成了可怜兮兮的小寡妇！"

钟情向胡霸天抱拳道："在下有眼不识泰山，还望二当家的恕罪！"

胡霸天摆手，豪爽地道："不怪不怪，那时你我各有所谋，便是知道彼此身份，也算不得一家人。姑娘如今，算是投靠我真水岛了吗？"

钟情客气地回答："正是！还望二当家的不计前嫌！"

胡霸天大笑："当然不会，胡某的胸襟，比这大海还要辽阔！"

胡霸天说着，瞟了丁凌一眼："可惜，你所投非人！如果姑娘不嫌弃的话，不妨投到我胡霸天门下，有胡某人罩着你，谅也无人敢为难于你！"

第六章

何细妹见二当家胡霸天对钟情也是青睐有加,愈发愤怒,大叫道:"你们说完了没有?想招揽她,先让她过了我这一关再说!"

丁凌看了看钟情手中缺口斑驳的那柄剑,不放心地道:"你的剑已经废了,要不要换一柄?"

钟情睨了跃跃欲试的何细妹一眼,道:"对付她,足够了!"

何细妹冷笑:"拳脚功夫,我不如你!用剑?你死定了!杀!"

语落,剑出,只一击,电光石火之间,银色的剑光若实若虚,乍然映进了钟情的眸子。

何细妹剑光一闪,已到钟情的面门,钟情的动作更快,剑倏然反撩,"当"的一声,何细妹的剑贴着钟情的额头刺向湛蓝的天空,而钟情的右掌已经迅捷无比地拍向何细妹的胸口。

"啪"地一掌对击,二人各自跃后三尺,随即就像一对雌豹,再度凶猛地扑向对方。何细妹是欲杀之而后快,钟情也打定了杀人立威的念头。对这些杀人不眨眼的海盗,她没有任何顾忌,出招狠辣无比。

两个人兔起鹘落,身姿敏捷之极,剑本就走的是轻灵之道,在这两个女人手中,剑法更是轻灵飘忽,如羚羊挂角,无迹可寻。

船上和岸上的人本来是抱着看笑话的心态看她二人交手,到了此时却是人人面色凝重,再也不敢因为她们是女人而小觑。这两个女人所展露出来的武功，比他们其中任何一个都远远高明。

两个人辗转腾挪，从跳板上杀到甲板上，又从甲板上翻到沙滩上，丁凌等人不知不觉地跟了过去。

沙滩松软，却似根本影响不到两个人轻灵的跳跃，何细妹看着瘦弱，但爆发力惊人，手中一柄剑渐渐失去轻灵味道，每一剑都似化作一道裂空的闪电，剑气弥漫，挥洒着死亡屠戮的气焰，形成令人窒息的压力。

这运剑的风格，已经接近东洋剑法，作为小鸟游的近身侍卫，小鸟游是指点过她武功的。小鸟游的武功得自佐佐木小次郎，而佐佐木小次郎虽然死于日本第一兵法家宫本武藏之手，但是据说他的剑法造诣实在宫本武藏之上，当日海边一战，他是中了宫本武藏的计，这才落败而死。

何细妹的剑化为东洋剑风后，威势更增，但钟情的剑反而更加轻灵了。她的剑势并不凛冽，却总带着一种绵绵不断的韧性，飘忽不定间总能稳稳地接住何细妹杀气充盈的利剑。

两个人一进一退，一攻一守，钟情渐渐退向海水，何细妹却是得理不饶人，她人随剑进，双脚以极短促的步伐不断变换着，每一次挪动变幻，手中的剑都以令人心悸的诡异角度不断劈落，旁人看得目眩心驰，丁凌紧张的神情却渐渐缓和下来。

第六章

海水冲击着沙滩,雪白的浪花翻卷着,一浪接着一浪,两人沙滩斗剑,钟情一步步稳稳退却,膝盖已半入海水,身后雪白的浪水似乎要涌得比她的肩头还高。没有人注意到,远处海面上,竟有一个红衣人俏生生地踏在浪尖上,正在看着这场斗剑。

突然,何细妹猱身而上,呀的一声大叫,凌空一剑犹如天外飞来,光寒闪处,眸中也射出一抹慑人的精芒,钟情却是抽身疾退,再次向海水中一避。水深已及腹,雪白的大浪涌过她的头顶,卷向何细妹。

海浪中,极少有人看得到,钟情的一柄剑也和那雪白的浪花融为了一体。浪花泼下,剑亦刺出,浪花从头而下,溅落在何细妹的身上,钟情的秋水剑也从浪花中刺出,笔直地刺向何细妹的咽喉……

浪花落下,化作泛着泡沫的海水,钟情的剑仍横亘空中,如一泓秋水。何细妹定定地看着钟情,一动也不敢动,只是紧张地咽了口唾沫,一点腥红,在她喉间迅速晕染开来,仿佛一瓣鲜艳的梅花。

沙滩上鸦雀无声,只有海浪永无止歇的咆哮。

"你输了!"

钟情缓缓收剑,从海水中一步一步地走出去,何细妹惊惧仇恨地看着她,但钟情却连一眼都没有给她。那些一直放肆地盯着她看的海盗们目光不再充满侵略和占有的欲望,此刻都换上了一种敬畏的眼神。

狼从不畏惧温情,但是畏惧比它更加强大的生物。海盗们在她所过之处,都下意识地退后,谦卑地低下头,垂下了他们的目光。钟情走到丁凌和胡霸天中间,胡霸天看了看她那柄破剑,忍不住赞道:"好剑法!"

剑不是好剑,剑法却好。哪怕手持神兵利器,没有一身好本领,又有何用?

钟情却笑了笑,道:"剑,其实我用得不太习惯!做贼的,携带长剑多有不便!"

胡霸天的目光顿时炽热起来,钟情这句话显然是说,她的武功实际上比此刻所展现的还要高明。如果说刚才胡霸天对她有几分招揽之意,还是因为习惯于和丁凌别苗头的话,此时却真的打起了她的主意。

胡霸天热切地看着钟情,道:"钟姑娘此来,是投奔我真水岛了?要不要跟着胡某?"

丁凌睨他一眼,微微一笑,露出一口洁白的牙齿:"不好意思!她是我请来的人!"

第六章

胡霸天对钟情道:"钟姑娘,找靠山也得找个靠得住的,这个人么……"胡霸天不屑地看了丁凌一眼,"靠不住!"

丁凌摸了摸鼻子:"二当家,你这墙角挖得也太无耻了些吧?"

天河惠子等五女眼见何细妹惨败,二当家和三当家居然旁若无人地招揽起了钟情,不禁暗自恚怒,五人不约而同地拔剑,上前一步,剑指钟情,天河惠子沉声喝道:"两位当家,请让开!我们姐妹要为六妹报仇!"

钟情心中一凛,七罗刹中的任何一个,她都有把握对付,便是两个一起动手,她也有把握周旋一阵,可若是五人一起动手……

丁凌微微转身,将钟情护在身后:"斗剑之前,便说钟姑娘若胜了就既往不咎,言而无信吗?"

二罗刹萧舒倩厉声道:"她杀了六妹!"

大罗刹天河惠子道:"七妹的话,并不能代表我!"

丁凌冷冷地也视着她,一动不动。

三罗刹洛春娇厉声道:"三爷,你要为了一个外人,和我们姐妹们作对吗?"

丁凌道:"只要我在,就没人可以动她!"

钟情瞟了丁凌一眼,这个纨绔少爷,似乎也不是那么碍眼了。

洛春娇冷笑道:"三爷,真水岛还没轮到你当家!你要为她强出头,可别怪我们不客气了!"

丁凌剑眉一挑,傲然道:"那你们就一起上吧!"

这句话一出口,丁凌手下的海盗们立刻一拥而上,拔出兵刃面对罗刹五女。丁凌手下的人不只是他从丁家带出来的三条船上的那些水手和家丁,他待人宽厚,上岛之后也陆续收服了一些手下,这些人就是丁三少的班底了,一向唯丁凌马首是瞻。

七罗刹何细妹此时也从海边赶过来,虽然湿淋淋的颇显狼狈,但是有五个罗刹女撑腰,倒也精神大振,看向钟情的目光,满是怨毒。罗刹六女也不是孤军奋战,直属于大当家的海盗们马上冲到她们背后,虎视眈眈。

胡霸天抱着他的那口阔刀,慢悠悠地踱上前来,连连冷笑:"方才那场斗剑,条件可是双方斗剑前就说定了的!如今你们想反悔,那你们把我这个中人放在哪里啊?"

胡霸天说着,也往钟情前面稳稳地一站,胡霸天这一出头,听命于胡霸天的海盗顿时也冲上来,向六罗刹亮出了他们的武器。胡霸天是真水岛的坐地户,底蕴最大,他这一站出来,罗刹六女不免有些进退失据。

而且,天河惠子还有另外的担心:她没有胆子同时触怒两位当家。小鸟游能稳稳地坐在真水岛大当家的位置上,她的武功和

第六章

威望是一方面,手腕权术也是一方面。

毕竟,就算她能靠武功镇压住胡霸天和丁凌,这二人若不想归顺她一个女人,也大可一走了之。天下之大,正如朝廷赫赫水师奈何不了他们这些浪迹海上的盗寇,她也不可能有能力四海追杀胡霸天和丁凌。

更何况,若这二人表面归顺,暗地里阳奉阴违,不肯为她卖力,同样会对她的勃勃野心造成极大的影响。所以,小鸟游提拔了丁凌,很微妙地在他们二人之间制造着摩擦和矛盾。让他们二人相互制衡,小鸟游才能如臂使指,确保自己的高高在上。

如果天河惠子等人和他们二人发生激烈冲突,从而促使二人联起手来,那就坏了小鸟游的大计,因此,天河惠子迟疑起来。

"统统住手!"

一声娇叱传来,众人霍然扭身,就见海上有一个红衣女子踏浪而来。她踏在海面上,脚下一丛雪白的浪花,衣袂飘飘,似是凌空,宛如怒绽于浪花之上的一朵炎火之莲。

近了,更近了,钟情看清了那丛白色浪花中疾行的是一只海豚,红衣女子稳稳地踏在海豚背上。海豚冲到近海处,再往前去已是浅浅的海滩,继续向前游很容易搁浅,这时它突然一昂头,身子猛地蹿了起来,那红衣女子也随之跃起,足尖在豚吻上轻轻一踏,衣带飘风地向岸边掠来。

海豚在空中翻了个身,一头扎进海水,摇头摆尾地向远处游去,而那红衣女子则衣袂飘飘地落在了沙滩上。六罗刹齐收剑,敛衽施礼:"大当家!"

钟情瞳孔微微一缩,来人正是财神客栈的游夫人,清江码头大发神威的小鸟游。小鸟游看了钟情一眼,眸中微现一抹笑意:"钟姑娘,在船上时,不知你真正身份,失敬失敬!"

钟情抱拳道:"前番在下不知游夫人便是名扬四海的真水岛大当家,多有得罪!"

小鸟游笑道:"在陆地上,你第一女飞贼的名号可比我小鸟游响亮得多,谈何得罪!"

钟情苦笑道:"丧家之犬,不敢言勇!钟情如今在陆地上已是寸步难行,特来海上,投效大当家,还望大当家不吝收留!"

天河惠子急道:"大当家,六妹就是她杀的!"

小鸟游淡淡地道:"那又如何?"

天河惠子一愣,小鸟游道:"那时本是对手,杏文死在钟姑娘手上,只能说是学艺不精,怪得谁来?惠子,做大事,得有大胸襟!"

天河惠子默默低头,沉声道:"是!"

第六章

小鸟游复转向钟情,微微露出笑意:"钟姑娘人品出众,武艺高强,你肯投效于我,我很高兴!本座麾下本有七罗刹,如今只余六人,你既投我,那就屈尊七罗刹之位,如何?"

钟情还未答话,丁凌咳嗽一声,上前道:"大当家,钟姑娘是我招揽来的人。"

小鸟游睨了他一眼,笑吟吟地道:"你我休戚与共,还要分什么彼此吗?"

丁凌道:"这个……只是我身边正缺一个可用之人……"

胡霸天把阔刀往肩上一扛,大声说道:"大当家,我胡霸天做事向来莽撞,身边正缺一个细致人,不如就请钟姑娘来做我的副手,大当家以为如何?"

小鸟游笑吟吟地看了钟情一眼,道:"看来,钟姑娘很受两位当家的欢迎啊,钟姑娘,你怎么说?"

钟情混入真水岛,目标就是小鸟游的玉扇,自然不会考虑胡霸天和丁凌,钟情马上抱拳道:"钟情愿追随大当家骥尾!"

小鸟游哈哈大笑,足下飘飘,向前走出几步,忽又扭头,看向天河惠子:"从今以后,你们就是一家姐妹了,彼此照拂着些,往昔恩怨,随风去吧!"

众罗刹犹自心中不平,可是对亦师亦姐的小鸟游却不敢有丝毫违逆，只得齐齐应是。

小鸟游飘然向岛上走去，阿满忙快步追上去，钟情耳力好，隐约听见他说："大当家，今日船回来时遇到一条极庞大的海鱼，后来又有许多飞鱼，其嘴似箭，近来我真水岛海域异象频出，这可不太正常啊……"

白天的真水岛很美，朦胧夜色下的真水岛则似蒙上了一层神秘的面纱，更具韵味。海浪拍打着白色的沙滩，海风吹动着燃起的篝火。三堆篝火呈品字形，海盗们聚拢在火堆周围，烧烤食物，大口喝酒。

这里的每一个人都很能喝酒，无论男女，也许是因为朝不保夕的生活让他们变得异常放纵。钟情注意到，一些颇有姿色的女海盗，在酒酣之后便和一些男海盗拖拉拥抱着离开，他们甚至没有走太远，就在夜色笼罩下的沙滩上，开始放纵地进行原始的游戏。

上首有一张藤制的长椅，小鸟游高卧其上，小指上钩着一个拳头大的橙黄色酒葫芦，不时提起来，小小地抿上一口，仰首饮酒的时候，既妖娆美丽，又有着一种不逊于男子的豪迈与粗犷。

火光映在她的脸上，发丝轻扬，看着她微眯的眼睛，钟情便

第六章

记起一个词语"媚眼如丝",看到小鸟游如丝如缕的眼神,钟情才相信这个形容是如何恰到好处。只是,一想到她杀了双屿岛大当家黎大隐,还把他的头颅做成了尿壶,钟情心头就爬过一丝寒意。

丁凌不知何时走来,在她旁边坐下,笑问道:"还习惯这里吗?"

钟情淡淡地道:"我从小就习惯了四海为家。"

丁凌摩挲着下巴:"为什么选择做罗刹女,做我的副手岂不比做大当家的跟班更好?"

钟情扭过头,凝视着他:"你真的只是想让我做你的副手?"

丁凌笑了笑,回避她的目光,望着篝火前欢舞的海盗,淡淡地道:"天河惠子她们不会因为小鸟游认可了你,就真的把你当作姐妹,她们对你原本就有敌意,而且你的名望比她们大得多,她们还会有妒心,会担心你争宠……"

丁凌刚说到这里,一道高大的身影突然出现,挡住了他的视线,出现在他面前的是一双赤裸的大脚板。丁凌和钟情一抬头,就见二当家胡霸天正站在他们面前,腰间挎着他那口阔刀。

"在说什么?"胡霸天兴致勃勃地问着,一屁股挤到他们中间坐下,"哈哈,钟姑娘,我胡霸天在船上时可真看走眼了啊,还以为你是一个弱不禁风的小娘子,想不到你竟是赫赫有名的女飞贼!"

丁凌斜着身子,和胡霸天紧紧挨在一起,没好气地道:"姓胡的,你不觉得这里太挤了吗?"

胡霸天扭头看看他,恍然道:"的确有点太挤!"胡霸天拱了拱屁股,对丁凌道,"要不你换个地方坐吧!"

丁凌:"……"

胡霸天道:"钟姑娘,做罗刹女有什么好的,你真该跟着我干,我手下有七条战船,你若跟了我,我直接让你做一条船的船主!"

丁凌冷笑:"二当家的,你好大方!可你以为,钟姑娘是喜欢好勇斗狠贪图权力的女人?"

胡霸天瞪眼道:"你明白个屁!就你这小白脸又能给钟姑娘什么?"

丁凌道:"我叫她担任我的副手,一人之下,万人之上!"

胡霸天又和丁凌别起了苗头:"一人之下,万人之上了不起吗?做副手?我……嗯……我把一切,统统交给她打理!"

丁凌愕然:"啊?"

胡霸天乐不可支:"怎么样,你不行了吧?我要她做我胡某人的压寨夫人!做我的主,哈哈哈……"

第六章

丁凌和钟情同时呆住。

胡霸天笑着笑着,忽然慢慢敛住笑容,扭头再看看钟情,胡霸天双眼一亮,猛地一拍巴掌:"对啊!好主意啊!钟姑娘你这么漂亮,又这么能打,看起来又是如此端庄贤惠,正配做我的压寨夫人嘛!"

钟情下意识地看了一眼丁凌。怎么这位二当家一副恍然大悟的表情?敢情他方才提出让我做压寨夫人,只是被你挤对出来的一句没过脑子的话?

胡霸天兴奋起来,兴致勃勃地对钟情道:"好主意!真是个好主意!钟姑娘,你看胡某这个提议如何?干脆你就嫁给我吧,做我胡霸天的女人,绝不辱没了你江湖第一女飞贼的名号!"

丁凌咳嗽了一声:"我说二当家……"

胡霸天转过脸去,呛声道:"没你的事!等着喝喜酒吧!"

钟情实在忍受不了这个比丁凌还要自恋的家伙了,哭笑不得地道:"二当家,我可并未答应!"

胡霸天一呆,诧异地道:"你不答应?为什么不答应?"

钟情微微扬起下巴,道:"我钟情的男人,他得能上天、能入地,行人所不能之事,有人所不及的本领!二当家你……"

胡霸天傲然道:"我怎么样?放眼四海,谁是我的对手?啊!

大当家不算,她是女人!放眼四海,还有哪个男人是我的对手?"

丁凌在一旁默默地举起了右手。

小鸟游忽然懒洋洋地向钟情招了招手,扬声道:"小七,你过来!"

钟情趁机摆脱这个自以为是的男人,起身走到小鸟游身边。小鸟游伸出涂了蔻丹的柔荑,懒洋洋地在火光下欣赏着,漫不经心地对钟情道:"甭理他们!这些男人啊,就像螃蟹,看着很凶悍,一旦撬开他们那片硬壳,什么都不是!"

胡霸天和丁凌像两只螃蟹似的盘膝坐在那儿,你瞅瞅我,我瞅瞅你,同时冷哼一声,各自扭过头去。

小鸟游换了个更舒服的姿势,一腿伸直,一腿屈着,薄纱之下露出粉光致致的大腿,被篝火映照着,活色生香。

小鸟游举起葫芦,抿了口美酒,扬声道:"岛上的粮食已经所余不多,老二老三,你们明天带人去长乐走一趟,弄些粮食回来!"

胡霸天微微蹙眉,道:"长乐?那儿距福建水师可不远,何不另找一处地方下手?"

小鸟游冷笑一声,道:"我就是要选长乐,给大明朝廷一点颜色看看!如果他们的水师追来,我们上一次买回来的火器不是都已装备到战舰上了吗?正好拿他们实战一番!"

胡霸天跃跃欲试地"嗯"了一声,小鸟游又转向身旁的几个罗刹女:"惠子、细妹子还有小七,你们跟二当家和三当家一起去!"

海盗的战舰乘风破浪,行驶在湛蓝的大海上,这艘大舰上居然装备了火炮和火枪。钟情从未想到海盗居然会有这样的装备,难怪大明水师拿这些海盗毫无办法。

其实普通的海盗并没有这样的实力,小鸟游能拥有火炮,一方面是因为她控制了最繁华的水路,财源广进,另一方面是因为她甘为日本太阁丰臣秀吉做走狗,得到了丰臣秀吉的资助。

船在长乐登岸,穷凶极恶的海盗杀上岸去,原本平静、祥和、繁华的码头,顿时一片狼藉。

他们一番烧杀抢掠,很快又向陆地纵深处杀去,钟情跟在队伍当中,眼看着那些手无寸铁的无辜百姓被杀害,那震撼的一幕幕渐渐燃起了她心头的怒火。

前方,一个十六七岁的少年正把他的小妹妹往稻草堆里藏着,扭头看见海盗们杀到,抓起叉子大吼一声就扑了过来,一个海盗狞笑一声,手中的鬼头大砍刀用力一扛,把那叉子从少年手中震脱,挥刀就向下劈去。

钟情吃了一惊,想也不想,下意识地冲过去,可是她晚了一步,鬼头大刀从少年单薄的身上掠过,一捧鲜血,一抹寒意将钟情整个人都冻在那里。

那个五六岁的小女娃"哇"地一声哭了出来,哭叫着"哥哥"从稻草堆里爬出去,抱住血泊中的少年,哇哇大哭。使鬼头大刀的大汉看见小女娃,两眼一亮,淫笑一声扑了上去,钟情心头一股怒火腾上天灵盖,她一个箭步掠过去,一记鞭腿,将那海盗狠狠地抽上了稻草堆。

"哇!"那海盗惨叫一声,吐出一口鲜血。旁边几个海盗登时对钟情横刀相向,其中一人怒吼道:"你干什么?"

钟情横剑当胸,怒视着他们:"这么小的孩子你们也要动,还有没有人性?"

丁凌适时地出现在了钟情身边,淡淡地道:"去搜粮食!"

虽然认得他是三当家,可海盗都是桀骜不驯的主,烧杀抢掠对他们而言本就是家常便饭,是天经地义的事情,如今被人所阻,还把他们的兄弟打成重伤,那几个海盗自然不服。

丁凌见他们站着没动,目光不由一厉,右手一探,一柄×形奇门兵刃便跃现掌中:"还不快去!"

第六章

"哼!"

那个海盗头目悻悻地吐了口唾沫,扶起那个从稻草堆上滑落下来、唇角染血的同伴,忿忿地向前走去。

丁凌掌心一弹,那柄奇门兵刃又不见了踪影。

钟情默默地看了他一眼,举步走过去,想把那个女娃抱起来。才五六岁的小女娃,显然已经懂得了许多事情,她知道钟情与那些穷凶极恶的海盗是一伙的,号啕大哭着在她怀里扑打:"你们是坏人,你们是大坏人……"

钟情鼻子一酸,忽然想起自己幼时海盗登门,父亲被杀,家产被掳的凄惨。她咬紧牙关,控制着不让自己的泪落下来,举起手掌,在小女娃的后颈上轻轻砍了一掌,将她打晕过去。

丁凌站在旁边,始终没有作声,他眼看着钟情把那小女娃抱起,走向屋后的小树林,过了半晌,又看她面有戚色地从林中出来。

钟情轻轻地吁出一口气,看了看四处起火的村庄以及遍地血污的尸体,无力地垂下了手中的剑。

虽然在她孤苦无助的时候,从来不曾有人帮助过她,但她从未因此仇恨过世人,她只是从此封闭了自己的情感,除了她的弟弟和忠心耿耿的家仆二牛,她不觉得这世间还有谁值得她去关心、呵护。

但是眼看这些海盗毫无人性的暴行,她还是感受到了深深的愤怒,她的家也毁在海盗的手里,眼看着那些被杀戮的无辜百姓,曾深受其苦的钟情心中无比难受。可此时此刻,她如果出手制止,不仅任务要失败,在这么多海盗面前,她又能救几人?

安静、祥和的小村庄被毁了,意犹未尽的海盗们又冲进了村中的那座天后宫。慈祥的"蹈海天后"站在神坛上,四海龙王持主立于她左右。这本是神圣庄严的殿堂,此刻老庙祝却像被一群恶狼包围着的一头绵羊。

林羽七揪着老庙祝的衣领,咆哮道:"你这天后宫香火鼎盛,怎么可能没有金银财宝?老东西,乖乖把财宝交出来,不然老子剁了你!"

老庙祝战战兢兢地道:"这天后宫,都是附近渔民前来供奉,香火固然旺盛。可大家都是日子清苦的百姓,哪有什么金银财宝。供奉之物,也不过是些寻常香烛,天后仁慈,庇佑众生……"

阿满举起刀,狰狞地道:"天后仁慈?老子却不仁慈,老子此刻就宰了你,看看天后会不会救你!"

阿满挥刀欲劈,旁边却突然伸出一剑,"当"的一声架住了他的刀,阿满狰容望去,见是大罗刹,立即满脸恭顺,道:"不知大罗刹有何吩咐?"

第六章

大罗刹道:"这天后宫香火这么旺,我就不信没有金银财宝。你带人往后面搜!"

阿满忙道:"大罗刹所言有理,来人啊,跟我搜,挖地三尺,也要把财宝给我找出来!"

一群喽罗跟着阿满杀向后殿,大罗刹转向钟情,笑吟吟地道:"七妹,你的剑还没见血呢,我看,你就拿这庙祝祭一祭你的手中宝剑,如何?"

钟情心中一震,她被迫沦落为盗,为的是延续亲弟弟的性命,但她从未盗过德行无亏的人,这次更是一条无辜的性命,她能下得去手吗?钟情缓缓拔剑出鞘,只觉手中的剑有千钧之重。她很清楚,即便她不杀,这老庙祝也会死在别人手上,那时连她也要死。可清楚明白是一回事,迎着老人那胆怯而央求的眼神,这一剑,她如何刺得下去?

大罗刹看着她,嘴边漾起的笑意越来越冷,何细妹的手缓缓搭上剑柄,一旁负手而立的胡霸天皱了皱眉。这时,后殿突然传出一声惊呼,天河惠子和何细妹一惊,立即足不点地地向后殿掠去。

二女刚刚掠向后殿,钟情就觉得耳畔风起,紧接着手腕一震,掌中剑被胡霸天脱手夺去,胡霸天长剑一扬,那老庙祝就"呃"

的一声,一双皮肉松弛的老手徒劳地掩住喉咙,惊恐地瞪大眼睛,可血还是从指缝间汩汩流下。

剑又塞回钟情手里,胡霸天一个箭步就掠到天河惠子身后,后殿天井里,几个海盗正用刀剑把一个年轻的庙祝砍翻在地,想来刚才他是藏了起来,因为海盗们翻箱倒柜,不得已又冲了出来。

天河惠子和何细妹松了口气,忽然想到那老庙祝,急忙回头,却见钟情正提着剑怔怔地站在大殿中央,殷红的血正从她的剑端一颗颗滴下,而那老庙祝已经死在血泊之中。何细妹有些意外,冷冷地瞟了钟情一眼,才随着天河惠子进了后殿。

胡霸天扭头看了钟情一眼,也迈步跟进了后殿。钟情恍然未觉,依旧站在那里,呆呆地看着咽了气的老庙祝,手臂微微发颤。堪堪走到殿门口的丁凌看到这一切,他默默地扭过头,什么都没说。

第七章

海盗的长乐之行满载而归,留下的是一地血腥。

当他们扬帆远航的时候,远远地才看见朝廷水师战舰的影子。

钟情坐在船舱里,神情落寞。睁开眼,她看到的不是湛蓝的大海,而是滚滚的浓烟,熊熊的烈火,满地的血污,闭上眼睛,她耳畔听到的是一声声凄厉的惨叫,仿佛来自地狱的冤魂。

亲眼见证了这些海盗是如何的凶残,对她的冲击太大。如果说,她答应做卧底时心底里还有那么一丝勉强的话,此刻的她真心恨不得把这些毫无人性的海盗从人世间彻底抹杀,因为他们只是披着人皮的一群野兽,根本不算人。

战船渐渐驶回真水岛,船上的水手忽然发现碧蓝的海面渐渐变了颜色,真水岛附近海域的水色幽暗,呈现出一种无法形容的青灰色,与周遭充满鲜活感觉的碧蓝海面形成了鲜明的对比。

第七章

阿满站在船头,翘首观望一阵,对胡霸天道:"二爷,最近咱们真水岛附近真有点邪性啊,怪异的事一件接着一件,我这心里头,可不太踏实。"

胡霸天皱着眉头,心头也隐隐生起些不安的感觉。

钟情一回真水岛,立刻得到了小鸟游的接见。

小鸟游斜卧在榻上,眉间一点猩红的梅花钿,有些唐式风格。日式服装、发型和妆扮,本来就是学自唐人。

她笑吟吟地睇着钟情,道:"怎么,不开心?"

钟情直率地答道:"我虽是飞天大盗,却极少杀人!"

她决定实话实说,不可能每一次遇到两难之境都有胡霸天帮她,在小鸟游面前不如坦诚一些,真中有假,反而更不易惹她怀疑。

小鸟游笑了,无聊地玩弄着手指,道:"我们干的,就是刀头舐血的生意……"

钟情直视小鸟游:"大当家杀过很多人?"

小鸟游傲然一笑,纤纤素手仿佛斜探的一枝兰花,她欣赏着自己的手,悠然道:"死在我手上的人,数也数不清。杀一人是罪,戮万人为雄,屠得百万人,便是雄中雄!我曾经被很多男人欺负,可如今,所有的男人都只能被我欺负,便是大明朝廷,也奈何不了我这海上逍遥王!"

钟情道:"但是大当家如今很少出手了吧?"

小鸟游咯咯地笑了起来:"有喽啰代劳,就不必脏了自己的手!"

钟情沉声道:"我希望,我不仅仅是个喽啰!"

小鸟游凝视着钟情,忽地绽颜一笑:"你很狂!不过,我喜欢!我们女人,本就该自立自强!只要我们足够强,不但不必做依附于男人的菟丝草,还可以让男人跪倒在你的脚下,乖乖任你摆布!"

小鸟游慢慢坐了起来,道:"如你所愿,从今后,我行,你则为我护卫!我归,你则守护海号!"

钟情双手抱拳,沉声道:"愿为大当家效力!"

海号阁内,天河惠子与钟情并肩而立,看着阁室中间的那柄玉扇。

室中四壁空荡,在整个房间的最中央悬空吊着一盏灯,灯光由纸糊的方形灯罩笼起,向下形成一束。下方是一个方形的池子,池畔四周是木质的地板,放着玉扇的木台在池子中央,距池畔一丈多远,齐胸高的长方形木台,黑色的漆面被灯光映得熠熠发光。

木台上方是一个中空的木架,玉扇静静地立在上面,玉扇柄

第七章

部居然有一汪海水,那海水如泉水般向上涌动,不断地冲刷着玉扇的扇柄,显然这个木台下边笼罩的,就是从海底喷涌上来的一股泉水。

玉扇并拢着竖在那里,从钟情的角度望过去,恰似一柄锋刃直指天上的短剑,灯光映在那白玉为骨的扇上,晶莹剔透。

天河惠子满脸敬畏地看着那把玉扇,缓缓地道:"曾经,有五个人先后想盗取这把玉扇,其中一个甚至已经把金钟罩、铁布衫的横练功夫练到了至高境界,浑身刀枪不入,可是就连他,也无声无息地死在了这里!"

钟情凝视着那把玉扇,道:"这就是大当家号令三十六盗群雄的信物?"

天河惠子道:"不错!这就相当于皇帝调动大将的虎符。这柄玉扇有一种奇异的能力,它不仅能号令南海群盗,而且还能指挥威力无穷的海妖!"

钟情看向天河惠子:"这是真的?"

天河惠子微笑起来:"大当家能驱使水中生物,你见过的。"

钟情没有再说话,而是缓缓打量室内,借着散逸出来的灯光,她发现脚尖前面是与地板平齐的海水,暗淡的光线下,海水静静地荡漾着,仿佛一个墨池。

天河惠子道："这是一眼海泉，可以直通大海。"

钟情看着玉扇底部微涌的泉水，奇怪地道："既然一直有人在打这柄玉扇的主意，大当家的何不贴身珍藏，而要把玉扇置于此处呢？"

天河惠子淡淡地道："这柄玉扇，据说是以一种罕见的海底奇物的骨头制成，并非真正的玉石。它有一个神奇的作用，可以控制一切水生生物。但是，它需要用海水温养，每次离水，最多使用两次便会耗尽它的能量。"

钟情恍然："原来如此！"

望着触手可及的玉扇，钟情真想飞身掠去，一把抢过玉扇，立即鸿飞冥冥。幸亏她的理智告诉她，此刻绝不能妄动，除了好奇的眼神，她甚至不能露出一丝对这玉扇的觊觎。

天河惠子道："好了，这阁中，平素就连我们也是不准进来的，我带你再看看周围环境！"

两人退出门，房门关上，此时巡守在外的是二罗刹萧舒倩和三罗刹洛春娇，二人看见钟情，眼中都有掩饰不住的敌意。钟情志在盗扇，一旦得手就要远遁，也不在乎她们的态度，而她毫不在乎的模样，显然令二人对她恶感更甚。

天河惠子带着钟情在海号阁附近走了两圈，淡淡地道："好

第七章

啦,从今天起,你就正式成为七罗刹的一员,担任此地的夜间警戒。"

钟情问道:"我从哪天开始?"

大罗刹道:"从明天开始,每隔两天一次!"

海水轻轻地荡漾着,水中有许多鱼,身上有着美丽的花纹,在水中轻轻嬉戏。

钟情屈膝坐在黑色的礁石上,下巴搭在膝盖上,轻轻闭着眼帘,似乎在倾听大海的声音。

在她脑海中,正迅速回放着她去海号阁时所看到的一切。作为一个成功的飞贼,她养成了极强的一项本领,就是对她所见过的环境可以过目不忘,她能清楚记起之前所见的一切细枝末节。

大罗刹已经把每日巡弋的路线和时间都告诉了她,所以在她回想所见过的地方时,她甚至可以幻想自己出现在现场,已成为一个巡弋人员,由此推算时间。

"小鸟游武功深不可测,一旦出行,众罗刹又追随左右,片刻不离。从她手中抢夺玉扇,不可行!要盗扇,只有在她玉扇离手的时候,所以混入海岛盗取,是唯一的选择。海号阁有人巡逻,白天比晚上更难下手,而晚上……"

钟情的大脑迅速进行着精密的演算:"海号阁下边是连接大海的一眼泉水,要潜到岛底再泅上去,不可能!窃了玉扇后,也不可能顶着上涌的泉水潜下去!从屋顶的话,就必须撬开铺设严密且打了铁钉的木板,时间短暂,同样不可行。要进入,应该利用两队巡弋人员短暂的分开……"

设想出的情景在她脑海中飞快地闪现,模拟了一遍后,她觉得似乎可行,可是锦衣卫派到岛上的秘谍必然不是笨蛋,如果这个计划可行,锦衣卫的精锐不可能想不到,他们为什么失败?

忽然间,那颜色有些过于幽暗的海水浮现在她脑海中,钟情心中灵光一现,隐隐约约地似乎捕捉到了什么。这时候,丁凌的声音忽然在耳畔响起:"钟姑娘,有心事?"

幽暗的海水画面迅速在钟情脑海中消散,她张开眼睛,一扭头,看见丁凌站在岩石边,钟情吁了口气,淡淡地道:"没什么心事!就想一个人静静。"

"我也是!"丁凌好像根本听不出她赶人的暗示,不但没有走开,反而轻身一纵,跃上礁石,毫不见外地坐到了钟情旁边。

"在岛上还住得惯吗?"

"住不惯又如何,我还有别的去处吗?"

丁凌转首看向钟情:"还在为长乐之行不开心?"

第七章

钟情沉默片刻，缓缓地道："被我打晕藏在林间的那个小女娃，也不知被她的乡亲救回了没有，也不知道她……还有没有家人可以照料她……"

丁凌默默地看向大海，低声道："真水岛，山美水美！可窃据其间的，却是一群海盗！谁是好人？这里没有好人！比的只是谁更面目可憎罢了！"

钟情怔怔地看着他，许久才道："你……其实很厌恶你的海盗身份？"

丁凌笑了笑，反问道："难道你很喜欢做一个女飞贼？"

钟情无言以对，丁凌转向大海，低声道："有时候，有些事，你虽不情愿，却不得不做！我本闽南豪门，自幼就想科考中举做个清官，造化弄人啊……"

钟情听得痴了，这番话对别人也许无所触动，而她，曾经的海宁大户人家小姐，今日沦落为贼何尝不是一样的满腹辛酸？曾经，她也有少女的憧憬与梦想，而这所有的一切，都在那一天之后，化为了泡影……

二人沉默良久，丁凌忽然向她一笑："我有一坛十八年的女儿红，要不要一起喝点？你放心，它是我从丁家带出来的，不是抢的！"

酒是好酒，十八年的女儿红。

有酒无菜也能自酌，但那是酒鬼，丁凌和钟情两个人都不是酒鬼，所以丁凌又捉了条鱼。

钟情头一回见识到他的好水性，丁凌徒手捉鱼，居然片刻工夫就摸了条几十斤重的大鱼上来。摸鱼难，要把这么大的一条鱼徒手捉上来，更难！要知道在水里，这么大的一条鱼，力气大得可是三五个大汉也难捉到。

接着，钟情又见识了他的烹调功夫，大鱼被他麻利地清除内脏，用他的独门兵刃在鱼脊上切上一刀，便用树枝串起，撒一点盐末，插在火堆旁的沙地上，底下挖个沙坑点起篝火，夜色下不但鱼香扑鼻，还颇有意境。

火光映着丁凌赤裸的上身，没想到穿衣显瘦的他，居然身材蛮好，三角肌让他的肩显得很宽，胸大肌结实无比，六块腹肌犹如一块铁甲，在火光的映射下发出铜红色的光，唔……秀色可餐。

肥美的海鱼很快就熟了，外焦里嫩，吃一口，便透着新鲜的甜香。酒也是好酒，钟情是江南人，最喜欢的就是这种黄酒，两个人惬意地坐在沙滩上，有话题就说，没话题就听着涛声喝酒，渐渐便有了醉意。

丁凌斜斜地靠在沙滩上，大着舌头对钟情道："小鸟游做大

第七章

当家，我服气！虽然她是女人，可她不但武功高强，而且心也大，比海都大……"

钟情道："此话怎讲？"

丁凌道："其他人做海盗，或是迫于无奈，或是混口饭吃！但小鸟游不是，她有野心，她最终的目标，是把整个大海，纳入她的麾下！"

钟情目光一闪，道："凭什么？就凭……那管玉箫？"

丁凌道："你说'海之号角'？你不要小看了它，这管玉箫，原来可属于海盗王徐鸿！"

"徐鸿……曾经战舰千艘，拥兵十万的海盗王徐鸿？"

丁凌道："不错！徐鸿能成为海盗王，靠的是武功和权谋，当然不仅是凭着一管玉箫，可这管玉箫拥有神奇的魔力，也确实帮了他的大忙，才——打败其他的大海盗！而今，这管玉箫属于小鸟游！"

"我听说……"丁凌压低声音，神秘兮兮地对钟情道，"我听说，这管玉箫，可以指挥水中生物！"

钟情呆了一呆："指挥水中生物？"

丁凌点点头："你还记得，我们同乘一船，路遇洪泽湖水寇的时候吗？"

钟情倏然想起了洪泽湖水寇袭击船只时的一幕。

丁凌道:"那些鱼虾鳖蟹,那些水蛇水鸟……"

丁凌吁了口气,望空喝了碗酒,喃喃地道:"我猜,直通大海的海号阁里,没准就藏着什么凶猛的海兽,所以朝廷屡屡派出高手,却都身死当场,根本盗不走玉扇!"

钟情的心陡然跳得快起来,丁凌无意中的一句话,给了她一个很大的警示。她忽然又想到了那泓黑汪汪的海水给她的不舒服的感觉。

丁凌笑了笑,以海螺做酒碗,又长饮了一杯:"徐鸿虽号称海盗王,可他实际上也不过只在大明沿海活动罢了,而小鸟游……"

丁凌眯了眯眼睛:"我们这位大当家,有一幅远洋海图,一俟征服沿海各岛海盗,恢复昔年徐鸿的威势,她就会去征服更遥远的地方,成为四海之王!"

钟情皱了皱眉,她想起了那被杀死的老庙祝,想起了逃进树林的那对兄妹,海盗们不事生产,专事掳夺,如果小鸟游真的统率十万海盗,征伐四海,那将有多少无辜百姓为之遭殃?钟情言不由衷地道:"大当家一旦成为四海之王,你这三当家也水涨船高了!"

第七章

丁凌笑了笑:"我并不在乎。曾经,我是完全不知世间疾苦的富家少爷。我自幼习武,只是为了强身健体。我读圣贤书,是为了有朝一日金榜题名!时至今日,我唯一的选择,就是做海盗,我也不知道这条路,我能走多远。"

钟情听得入神,忍不住问道:"当你骤遭巨变,家门破败,自己也沦为过街老鼠之后,难道你毫不犹豫地就选择了做海盗?"

他们两个人的命运并不同,但相同的是,都曾经是一方巨贾豪门,都曾骤逢巨变,丁凌比她幸运的是,他遭遇这一切时已经成年,而且没有一个体弱多病的弟弟要他照料,但两个人还是有些同病相怜的。

丁凌望着波涛,痴痴入神良久,忽然笑了起来,轻轻摇头道:"后来……后来的事没什么好说的了,当你别无选择的时候,不管你情愿或不情愿,你都只能去做。既然根本没有选择的余地,又何必为选择而苦恼呢?"

满天星光,丁凌仰首而望,目中也似繁星点点。

钟情默默地品着丁凌的这句话,越是品味越有滋味。

丁凌拿起一截树枝,把他们两人的名字写在沙滩上,钟情没想到丁凌竟写得一手好字。钟情、丁凌……她心里隐隐觉得有些不妥,不过只是一个名字而已,她倒没有太煞风景地硬逼他抹了去。

"我们两个人,其实有点像呢。"

丁凌笑着说,他又在举着海螺喝酒,但他的手已经不稳,酒水顺着袍襟洒下来,溅湿了衣衫。

钟情道:"有什么相像?"

丁凌道:"我们都在狼窝里,但我们都不愿意做狼!"

丁凌说着,在沙滩上软软地躺下,昏昏沉沉地以臂作枕:"天为罗帐地为毡,日月星辰伴我眠……"

和着涛声,酣声已起。

钟情默默地看了他一阵,慢慢地站起来,掸了掸衣衫上的沙子,向黑漆漆的山顶望了一眼,转身走去。

身后,涛声依旧,酣声依旧。

潮水把丁凌写下的两人的名字,一点点地抹去……

海水渐渐靠近丁凌的双脚,他蓦然张开眼睛,眼神清亮如同星辰,何曾有一丝醉意。

钟情回了自己的住处,值宿的海盗亲眼看着脚下踉跄的她摇摇晃晃地回了自己的卧室。但钟情并没有登榻休息,一进房间,她虚浮的脚步就变得狸猫般轻灵了。

第七章

她迅速抖开被子,弄成一副有人安睡的模样,随即纵身一跃,掠上房梁,从上边取下一个包袱。那是她成为第七罗刹后偷偷置办的一套夜行衣。钟情用最快的速度把那套青色夜行衣穿上,悄悄打开后窗。

窗外是一排大树,浓密的树荫在夜风中轻轻起伏着,钟情左右一看,便纵身钻进那浓墨似的树荫。

钟情当晚就要对海号阁采取行动。她想监守自盗是办不到的,而一旦她也参与看护,对海号阁更加熟悉,那么她的嫌疑也就更大。一个即将成为看护玉扇的侍卫,会在未曾参与、尚未熟悉它之前就采取行动吗?

很难想象会有人这么草率!所以,钟情偏要反其道而行之,这样一旦第一次失败了,她也容易撇清自己。

女飞贼出手,这一次,是海盗王的至宝,海之号角!

夜色下俯瞰真水岛,这岛仿佛一颗墨绿色的水滴。

岛心种着大片的樱花树,樱花正在盛开,疏影横斜,摇曳生姿。

钟情静静地伏在樱花的树干上,随着摇曳的花枝,她的身子轻盈得似枝头的一瓣樱花。她的目光穿过樱花林,掠过亮晶晶的小溪,再越过一座木桥,看向那座木造的亭式建筑——海号阁。

飞檐展翅,廊下正有两名体态婀娜的女子扶着剑,从海号阁的木质围廊下走过,从她们手中挑着的火光中,钟情认出那是二罗刹萧舒倩带着一名普通的女海盗。每晚,两个女罗刹各带一名女海盗巡弋海号阁,绕海号阁回转。

海号阁的面积并不大,所以两组卫士巡弋间隔的时间也极短。钟情屏息观察着,眼看她们绕海号阁三匝,步伐、频率丝毫不差,她估算了一下两组人交替出现在正门前的短暂时间,视角盲点出现的时间仅仅一弹指。

一弹指是多长?

佛经有云:一刹那者为一念,二十念为一瞬,二十瞬为一弹指。但是对钟情来说,一弹指的时间足矣。因为她是独一无二的女飞贼钟情。

人生天地间,如白驹过隙,何况一弹指?

一阵微风起,将樱花带离枝头,片片花瓣迎风而舞。

随着那樱花飘起的还有钟情。

萧舒倩左脚刚刚迈过屋角,她就长身而起,足不点地地掠过小桥,再一个箭步穿过亭屋前的空地,一矮身便闪现在屋门前。

钟情手中一柄薄如蝉翼的小刀,刀光一闪便撬开了门,轻轻一拉障子门,门无声无息地打开,她狸猫般掠入,重新拉上房门,撬闩、进入、掩门,一气呵成……此时,六罗刹何细妹堪堪从另

第七章

一侧屋角转过来,完美的一弹指!

在门悄无声息地掩上的刹那,六罗刹何细妹领着一个女海盗从壁角处转了过来。

何细妹走到门口,忽然停了一下,扭头向门口望去。钟情立即掠到门旁,心口怦怦地跳了起来。她还是疏忽了,不该蹲在门口的,因为室内燃着长明灯,她蹲在那里会阻挡一部分光线,虽然这是极细微的变化,但是何细妹如果足够细心……

何细妹看了眼门,继续举步向前走去。房间里,钟情轻轻坐在了地板上,这刹那工夫,她发现自己不只呼吸粗重了许多,后背还沁出了汗水。

巡弋的两组人马仿佛钟表的两根针,准确无误地转动着,钟情坐在房中一动不动。她是一个有经验的飞贼,在状态调整到最好之前,她是不会行动的。

钟情闭上眼睛,调匀呼吸,直到五识也调整到最灵敏的状态,这才轻轻张开眼睛,慢慢拔出了剑。

钟情深深地吸了一口气,迅速把目光从那柄在灯光下晶莹剔透、似乎有着某种魔力的玉扇上移开,开始观察室内情形。

整个过程看似简单,但是需要了解巡弋人员的行动习惯,要有极高明的轻功,要能把时间掌握得分毫不差,钟情固然是此道行家,但她不相信偌大一个锦衣卫里就没有类似的高手,可是……锦衣卫为什么会失败?

她的耳边,不期然地响起了卓金事的声音:"我们先后派出五个高手,都失败了!"

外面巡夜的人在她进入室内后已经巡走了四圈,在她们走过第五圈时,钟情慢慢站了起来。外面廊庑上,二罗刹纤柔美丽的身影正缓缓走过,颀长的身影映照在雪白的纸窗上,钟情猫着腰,缓缓走向玉扇。

幽蓝的海水荡漾着,这当然难不倒钟情,她的足尖只是轻轻一点,整个人就像海鸥一样轻盈地从水面上掠过,无声无息地落在木台上。

钟情伸出手,轻轻握住玉扇,沁凉的感觉立即从她的掌心传到心里。钟情没动,她正借助掌心细微的触感,判断是否有机关。

"没有机关!"

钟情凭着她的经验,很快做出了判断。钟情狂喜,轻轻碰触的手掌立即变成了攫取,但她握住玉扇,只把它提高一寸,忽然又硬生生地停在了那里。

金山寺里,卓金事得意的笑声再度响起:"你是名闻江湖的女飞贼,我也不确定能否抓得住你,所以多留了一手,不过这也

第七章

只是抱着万一的希望,如果你足够小心的话……不过成功的那一刻,很多人都会放松警惕!看来钟情姑娘也不能免俗啊!"

就在今晚,就在海边,丁凌神秘兮兮的声音也在她耳边回响:"我听说,这管玉箫,可以指挥水中生物!"

"我猜,直通大海的号阁里,没准就藏着什么凶猛的海兽,所以朝廷屡屡派出高手,却都身死当场,根本盗不走玉扇!"

钟情的手稳如铁铸,一动不动,脖颈却慢慢扭转,看向幽蓝的海水。

"不应该啊!如果这水中确有强大的海兽海妖,当我掠上这扇台的时候,它就该向我发起攻击了,难不成海兽已经拥有人类一样的智慧,要等到我拿起玉扇,这才攻击?不……不可能!那么……"

钟情的目光又慢慢移回来,凝视着扇柄底部不断喷涌的泉水,心中忽地灵光一闪。

如果……这启动示警的机关就是泉水呢?

水流是冲刷在玉扇柄部的,玉扇固定在那儿,阻止了海泉继续向上喷涌,如果机关巧妙地利用了泉水的冲击力,只要移动玉扇,压力减轻,那么就会触发。

钟情想到这一点,握着玉扇的手硬生生地停在了那儿,离扇架仅隔一寸。她深深地吸了口气,全神贯注地盯着扇柄底部的泉眼,慢慢向上移动玉扇,一截黑色的锥形的东西猛然从那泉眼中探出,倏地刺向她的嘴巴。

饶是已有所准备,钟情还是吃了一惊,下意识地以手中玉扇为武器,向那泉眼中一塞,将那刚要探出的蛇尾状怪物又顶了回去。与此同时,脑后一寒,钟情立即将蓄势待发的一剑向身后反劈过去,同时纤腰一扭,鬼魅般地掠到了扇架的侧面。

一张血盆大口迎面噬来,腥气扑鼻,长长的腥红的舌头嘶嘶地吞吐着,灯光下,钟情甚至看得到那血盆大口中锋利雪白的獠牙。钟情悚然一惊,身形急扭,那怪物的大口也是十分灵活,竟也顺着她闪去。但钟情柔韧有力的小蛮腰一扭,又迅速向另一边一闪,间不容发地避过了那血盆大口,同时双脚一蹬,迅速跃回了地面。

"这是什么鬼东西!"

这时,她才看清那怪物的全貌,准确地说,她看到的依旧不是怪物的全貌,因为那怪物是从幽蓝的海水中探出的,大半截身子都在海水里,但是它扬在水面之上的长度就有将近一丈,三角形的蛇头几乎贴着阁顶,那是一条巨大无比的蛇。

蛇身扭曲着,斑斓的颜色令人恶心,那颗狰狞的蛇头居高临

第七章

下地看着,蛇涎悬挂在嘴巴下边,仿佛一道银亮的丝。

钟情有些错愕:"仅仅露在水面上的部分就有这么长,那么水下的部分至少也要再长三倍,这是蛇还是蛟?"

如果不是因为那巨蛇头上无角,钟情几乎要以为它就是一条龙了。

那巨蛇把头一昂,猛地向她扑了过来。不过钟情反应更快,她心中虽然惊诧,动作却毫不迟疑,在看清那怪物模样的同时,她就倒身疾退,掠向窗子。

蛇虫类的生命异常坚韧,这条蛇又大得离谱,她可不认为自己能杀死这头怪物,尤其是在这斗室之中,即便她能杀死这条蛇怪,在此过程中也会被人包围。于是,她选择退!一击不中,远遁千里,这是刺客的信条!对飞贼同样适用。

那蛇笸斗大的脑袋带着一股腥风扑向她,但钟情挥剑一扬,就听那蛇一声惨叫,长长的蛇信被她斩断在地。钟情没有试图去打开门闩,虽然那样做可能只耽误她一眨眼的时间,她凝气于背,硬生生地撞向了窗棂。

"咔嚓"一声,窗棂粉碎,与此同时,那蛇头又狠狠噬来,堪堪撞上她的靴尖。团身而出的钟情片刻不停,立即一个倒纵,到了小桥上足尖用力一点,继续凌空跃起。当二罗刹和六罗刹分别带人从左右廊庑下冲出来的时候,钟情已经一头扎进了樱花丛中。

萧舒倩和何细妹甚有默契,听到声息,两人一个冲进阁中探看玉扇,一个紧追不舍。幸亏钟情果决,在受到似蛟似蟒的巨型海蛇袭击的时候,她在第一时间就选择了退却,而且她根本没有循着寻常思路走门,而是越窗而出。

这两个环节省出的时间或许只是一弹指,但就是这一弹指的工夫,以她的身法就足以掠过足够远的距离,以致追上去的何细妹竟连她的身影都没有看清楚。

"呜!"

二人一追一逃间,示警的号角声已然响起,不过山顶发出的号角声,无法传遍全岛,即便是海号阁山脚下的海盗宿处,那些酗酒宿醉的、睡觉太死的人也都浑然不觉,真正受到惊动的,是住在山顶的小鸟游和山腰处的人。

号角声刚刚响起,天河惠子就张开了眼睛,她下意识地抓起放在榻边的长剑,腾身而起。天河惠子沿着廊庑急急而行,走到一扇窗前,本已掠过的身子忽然又退了回来,那是钟情的房间。

窗子斜开半扇,南国天气,紧闭门窗睡觉,那是不可想象的。天河惠子举起剑,用剑柄轻轻拨开窗子,对面的窗子也半开着,

第七章

月光斜照,一束清冷的光正映在榻上。榻上有人,腰间搭着薄衾,那束月光正照在腰臀的位置。

那人翻了个身,含糊地发出一声呓语,天河惠子冷哂一声:"天下第一女飞贼?不过如此!"

天河惠子不屑地撇了撇嘴,扬长而去。

片刻之后,穿着一身艳丽和服的小鸟游脚下踏着一双木屐,已然静静地站在幽蓝色的海水旁。幽蓝的海水下,那条伤了蛇信的巨蛇飞速地游弋着,水面上荡起一道急旋的水涡。天河惠子匆匆赶来,看了看室中情形,急道:"大当家,又有人打玉扇的主意?"

小鸟游微微蹙起眉,看着水中若隐若现的蛇影,道:"小黑受了伤!"

二罗刹萧舒倩杀气腾腾地道:"那人跑不了的!"

第八章

逃!

必须一刻不停地逃!

绝不能让何细妹追近!

一旦近了,让何细妹看清她的身影,即便没有见到她的容貌,只要看到她的身量体形,她暴露的可能也将无限大,必须和她拉开距离,越远越好。

钟情把她的轻功发挥到了极致,在丛林中魅影一般倏起倏落,纵跃如飞。

何细妹轻功远不及钟情,但她并未放弃,一直咬着牙紧追不舍,虽然她轻功不及钟情,但是若论起对这岛屿的熟悉,她却远在钟情之上。所以,钟情始终难以把她彻底摆脱。

"不行,甩不开她!再这么下去,只要有第二个人加入追捕的行列，我就危险了！"

钟情焦急起来，号角声还未停，被惊醒的人越来越多，如果她始终不曾出现在人前，那她就是最大的嫌疑人。钟情像一头受了惊的小鹿，在林中起落如飞。忽然，她灵机一动，猛然想到了一个大胆的办法……

小鸟游负手走出海号阁，众人紧随其后，小鸟游拾阶而下，走到第二阶时，忽然站住。

迎面，钟情正急急走来，一见小鸟游，马上站住脚步，抱拳道："大当家！"

小岛游深深地望了她一眼，钟情酥胸起伏，有些气喘，显然是一路奔上山来的。

萧舒倩冷冷地道："示警号角响了那么久，你怎么才到？"

钟情微窘道："我……才听到，而且一开始不解其意，后来见许多人往山上赶，这才明白过来。"

这时，一阵衣袂裂空之声，何细妹持剑跃到院中，急急四顾一眼，向小鸟游抱拳道："大当家！"

萧舒倩急问："六妹，可追到了奸细？"

"被他逃了！"何细妹回答一声，目光落在钟情身上，满脸狐疑："你什么时候来的？"

钟情欠身道:"我刚到!"

何细妹瞳孔一缩,冷冷地道:"那人十分机警,被我一路追着,我撵不上他,他也甩不脱我,后来他又逃向山上,我也是刚刚才失去他的踪影!"

钟情微微挑起眉:"六姐,你这话似有所指啊?"

何细妹冷笑:"七妹这是心虚了吗?"

大罗刹天河惠子忽然问道:"六妹一直盯着那个奸细?"

何细妹从钟情身上收回满怀敌意的目光,道:"是!那奸细窃扇失败后马上逃之夭夭,小妹一直紧跟着他,他用尽手段也摆脱不了我,后来又向山上逃回来,小妹追至左近才失去他的踪影,接着……就看到了只比我早到一步的七妹!"

何细妹把"七妹"两字咬得极重,小鸟游看向钟情的目光陡然剑一般犀利起来,但天河惠子却缓缓地道:"这样说来,六妹所追之人,绝非七妹!"

小鸟游和其他众人都把目光转向天河惠子,天河惠子解释道:"今夜我不当值,听到号角声才赶往山上,当时恰巧经过七妹的住处,我还特意看了一眼,她……当时在室内!"

这句话说完,众人都不禁心中一震,钟情心中更是震惊,只是在小鸟游面前,她绝不敢露出一丝异样:"我在室内?这怎么

第八章

可能,是我的伪装瞒过了她,还是她刻意为我隐瞒?"

钟情正急急思索,何细妹已迫不及待地道:"大姐,你当真看清楚了吗?她可是赫赫有名的女飞贼,要做些小小手脚,使些障眼法还是办得到的!"

天河惠子轻轻颔首:"我确定!她当时正睡在室内,我看她时,她还翻了个身,绝不是什么障眼法。"

众人顿时哑然,钟情心中却更加迷惑了。她本以为是自己伪装的卧榻瞒过了天河惠子,可是从天河惠子这说辞来看却绝不可能了。那么就是她在帮自己隐瞒?不可能啊!她是七罗刹之首,是最早追随小鸟游的人,也是小鸟游最信任的心腹,她为什么要帮自己?

四罗刹工藤绫睨着钟情,用生硬的汉语道:"她,号称第一飞贼,睡觉的时候,为什么那么不警醒?"

钟情解释道:"我今晚喝了酒,当时已有几分醉意,所以睡得比较沉。"

五罗刹张芸华笑起来:"醉酒?这个借口真是很充分啊……"

小鸟游举步走向钟情,张芸华立即闭上了嘴巴,何细妹的眼睛里放出光来。小鸟游玉手纤纤,并没持武器,可她一双素手照样可以杀人。在这刹那间,钟情几乎想转身就逃,可她的双脚还是稳稳地立在那儿,脸上也是一派从容。这是真水岛,逃是逃不掉的。如果身份败露,唯一的结果只有死亡,无论她是否反抗。

那么,何如一搏!

"小七怎么可能是奸细!"

小鸟游的手搭在钟情肩上,脸上慢慢漾起了微笑:"女飞贼钟情誉满江湖的时候,天下间还没有小鸟游的名号,难不成朝廷未卜先知,那时就设局要对付我?"

钟情暗暗松了口气,感激地道:"多谢大当家的信任!"

小鸟游笑了笑,忽然又问:"我看你不是好酒之人,应该不是一个人喝的酒吧?"

钟情犹豫了一下,答道:"今晚,我是和三当家一起喝的酒!"

"哦……"

小鸟游的目光闪烁了一下:"原来是丁三少!"

"钟姑娘!"

随着声音,丁凌走了进来。他的衣服已经湿了,皱皱巴巴地贴在身上,肩头还挂着一片海藻,其情其状说不出的狼狈。丁凌撩起袍襟,使劲拧了一把,一汪海水洒到地上,丁凌抱怨道:"钟姑娘,你要走也不唤我一声,结果涨了潮,差点把我淹死!"

钟情吐了吐舌尖,抱歉道:"我也喝多了,十分困倦,推你

第八章

又推不醒，就回房睡了。我久居陆地，实不知那片海滩夜晚会涨潮。"

何细妹看看丁凌，又看看钟情，一张脸庞涨得通红。孤男寡女，海边夜饮，不免会令人产生许多丰富的联想，只是在小鸟游面前，何细妹却不敢大光其火，只把一双拳头紧紧地攥了起来。

岛顶，樱花堂。

一座唐式风格的亭阁，小鸟游和众首领都跪坐在低矮的案席后面，风吹着亭阁四周的樱树，有樱花徐徐飘入亭中，落在他们的案上、肩头，如诗如画，可亭中的氛围却十分压抑，内奸成了插在众人眼中的一根刺，不拔掉就难受得很。

排查了一夜，还是没什么头绪，一番讨论后，何细妹不禁又把矛头指向了钟情，只是小鸟游已经公开表态信任钟情，所以何细妹没有点出钟情的名字，只说道："近日加入我真水岛的人最为可疑！应该重点盘查！"

丁凌不悦道："最近加入我真水岛的还真没几个，你这是在怀疑钟姑娘喽？"

何细妹怒道："我可没有这么说，三爷，你如此偏帮于她，究竟是何道理？"

"你屡屡向我请上岛来的人发难挑衅,又是何道理?"丁凌笑吟吟的,目光却寒冷如刀。

钟情跪坐在案后,对他二人的争辩浑不在意,她的心神正沉浸在自己的思绪中。

昨晚回到住处,她发现床铺果然有人睡过的痕迹!原来真的有人暗中保护她,这人不但知道她会有所行动,而且有意帮她掩饰,这个人会是谁?天河惠子究竟是发现了她睡在床上的人,还是天河惠子就是那个在她床上睡了一下的人?

种种疑虑,让钟情忐忑不安。不搞清这个人的身份与目的,实在令她寝食难安。

何细妹亢声对丁凌道:"我只是就事论事,而你丁三少,却有些是非不分了!"

丁凌道:"细妹子,我带回来的人,被你百般刁难,就是削我丁某人的面子!"

何细妹怒道:"她刚刚投入我真水岛就有人窃扇,她的嫌疑最大!"

丁凌冷笑道:"恰因钟姑娘来得最晚,所以她的嫌疑才最小。之前那些朝廷密探,在我真水岛至少都潜伏了半年以上!试问一个刚刚加入我真水岛的人,会马上盗扇吗?"

第八章

何细妹冷笑："照这么说，三少你投入我真水岛有一年半了吧，你的嫌疑该最大喽？"

丁凌大怒，拍案道："丁某为大当家出生入死，立下无数汗马功劳！忠心耿耿，天地可鉴，你这么说是什么意思！"

何细妹不屑地道："三少好大的威风，冲我拍桌子，当本姑娘怕你吗！"

小鸟游沉声道："够了！"

何细妹这才察觉忘形，急忙向小鸟游顿首为礼。小鸟游缓缓仰靠在椅背上，猩红的指甲一根根地敛起："窃扇，是朝廷的目的！分化我们，让我们互相猜忌，同样也是朝廷的目的，不可上当！"

众人齐声道："是！"

小鸟游瞟了钟情一眼，道："钟情来我真水岛时日虽短，可她此前就是与朝廷作对的！'一见钟情'名扬江湖的时候，我真水岛还未一统三十六岛呢，她绝不可能是朝廷的人，今后大家是一家人，不可互相猜忌！"

六罗刹互相看看，齐齐答应一声。

小鸟游缓缓吁了口气，道："那个奸细，这次不成，必然还有下次，我们，等他来！"

钟情走出樱花堂的时候,山顶起了风,吹得樱花纷落,仿佛漫天大雪。

钟情款款地走在雪一般的樱花雨中,那美丽的身姿,曼妙如画中人。

丁凌走在后面,不由站住脚步,生怕走快了会破坏这无限美好的一幕风景。

一柄阔刀忽然搭在了他的肩上,丁凌扭头一看,胡霸天冷冷地盯着他:"昨晚,你逼钟姑娘给你陪酒?"

丁凌蹙眉道:"这话从何说起?"

胡霸天冷笑:"难道不是?如果不是你仗着三当家的身份,钟姑娘会陪你饮酒?"

丁凌摊了摊手,无奈地道:"随便你怎么说好了!"

"站住!"

胡霸天怒视着丁凌的背影,沉声道:"以后,离钟姑娘远一些!"

丁凌缓缓转身,目光如剑:"如果我不肯呢?"

胡霸天缓缓抚着阔刀:"我的刀会让你肯的!"

丁凌冷笑起来,手腕一振,一根儿臂粗细的黝黑铁管滑入掌中,"当"的一声裂开,变成一个奇怪的×形状:"何妨一战!"

第八章

六位罗刹女站在台阶上,看着二人斗鸡一般,三罗刹洛春娇不服气地道:"真看不出那姓钟的女人有什么好,二爷和三爷居然都喜欢她!"

张芸华酸溜溜地道:"也许是因为人家更有女人味吧。"

二罗刹萧舒倩挺起胸膛:"难道我们就没有女人味吗?"

其他几个女人看了看她沙滩一样平坦的胸膛,一身近乎男式的海盗装束,都没有说话。

萧舒倩缩了缩胸,干笑道:"我……我是差了点,可大当家却是一个活色生香的女人啊,二爷和三爷都瞎了眼睛不成?"

工藤绫用生硬的汉语道:"大当家,只有她喜欢别人,谁有资格……喜欢她?"

众罗刹女都嗤嗤地笑了起来,只有何细妹一个人,脸色铁青。

此时,小鸟游依子正自厅中斜睨着厅外,厅外落英缤纷,花飞如雨,丁凌和胡霸天一扶剑、一按刀,峙如双岳。

小鸟游的眉又缓缓挑了起来,状似吴钩。

夜晚的沙滩上,钟情迎着大海,海风撩起她的秀发,如同她此刻的心绪一般,纷乱如麻。

她可以确定,一定有人在暗中照拂她,这个人很可能清楚她投奔真水岛的真正目的，可这个人究竟是谁，抱有怎样的目的？这种扑朔迷离的感觉，她不喜欢。不可控就意味着危险，她要弄清楚这一切，才能重新拿回主动权。

"谁？"

钟情突然一个转身，因为疾旋，秀发都飞扬起来。与此同时，她的剑也无声地出鞘，仿佛藏匿在夜色中的一条蛇，蓄势待发。

"钟姑娘，你在赏月吗？"

钟情暗暗皱眉，又是丁凌。

丁凌迤迤然地走过来，左顾右盼："今晚的月亮，真圆呐！"

钟情看了看大海，黑漆漆的海天一色，只有近处拴在岸边的几条小船轻轻起伏着一帆墨影。钟情不禁又睨了一眼丁凌，这个一贯喜欢信口开河的家伙，如今已经发展到信口开大海的地步了吗？

"月亮在哪儿？"明知他是在胡说八道，钟情还是问出了口。

"你就是我的月亮啊！"

丁凌笑眯眯的，虽然无星无月，可他的眼睛依旧在熠熠发光："在我心里，你就是那轮皎洁的明月！足以照亮整片大海！"

丁凌振臂一挥，热情洋溢。

钟情被他恶心得起了一身鸡皮疙瘩，真想一脚把这个肉麻的

第八章

家伙踢进大海,但她还没抬脚,远处的海面上便爆发出一片氤氲的白光,在这夜色下,那团乳白色的光团异常明显,仿佛一颗硕大无朋的夜明珠突然出世。

"这……这……你怎么做到的?"钟情惊讶地张大了嘴巴!

那白光分明不是发自海面之上,而是海面之下,透过水,所以光线才会如此柔和,可它又是无比的明亮,几乎照亮了一片海洋,这是什么魔法?

钟情惊讶地看向丁凌,当她看到丁凌比她更加惊讶的样子,才知道海上这一幕并不是他搞出来的把戏,丁凌的眼珠子此刻都快从眼眶里掉出来了。

两个人互相看了看,不约而同地道:"去看看?"

海边就有小船,缆绳飞快地解下,钟情稳稳地走到船头,扶住了剑,丁凌自然是船夫。

小船离开岸边,像条谨慎的小鱼,悄悄游向那团氤氲的白光。

海浪起伏,距离那团氤氲的白光越来越近,钟情忽然想起之前在大船上看到过的如箭的飞鱼以及那条硕大无朋的巨鱼,心中不由紧张起来。她本能地想往后退,但好强的个性却让她依旧稳稳地站在那里。

丁凌一边摇橹,一边好奇道:"那光究竟是什么?看起来珠光宝气,别是什么异宝出世吧……"

小船靠得越来越近,与那团磅礴浩大的白色光团相比,他们的小船就像渐渐靠近一只圆形灯罩边缘的蚊子。丁凌的声音终于停止,两人瞪大眼睛,只有时时响起的摇橹声打破了这份宁静。

近了,更近了,小船在那团光晕的边缘处停下。其实光晕的边缘靠近时就不是那么界限分明了,他们的小船此时仿佛一半扎进了那颗硕大的夜明珠似的光晕,一半留在外面。

钟情紧紧握着剑,盯着那发光的海面,还没等她弯腰看个仔细,丁凌已经放开橹,任那小船自行起伏荡漾着,两步便抢到她前面,伏在船边,弯下了腰。钟情眼见丁凌伏在那儿一动不动,不禁问道:"是什么东西?"

这句话问出口,她才发现自己嗓音发僵,原来她也做不到表现出来的那么坚强。

丁凌伏在那儿又看了一阵,把手慢慢探进水里,喃喃地道:"原来如此,原来如此……"

丁凌慢慢地举起他探进海水的那只手,他的手上,有斑斑白光一闪一闪。

"这是什么东西?"

钟情下意识地向他靠近一步,丁凌把手举到她面前,钟情瞪

第八章

大眼睛看着，丁凌湿淋淋的手掌上，粘着几个晶莹的、半透明的虾子，很小很小，却发出微弱的荧光。它们还在丁凌手上奋力挣扎着，可它们实在太小，被粘在那儿动弹不得。

钟情低头向海中看去，她看到无数只白色的小虾簇拥在一起，那无比浩大的白色光晕，就是它们汇聚在一起形成的。这还只是光晕的边缘就有这么多的虾，简直可以以亿万计，如果再往前方光晕里去，那些虾子该是何等稠密？

钟情讶然道："会发光的虾！"

丁凌道："这是磷虾，也叫荧虾，天生就会发光。不过它们本来应该生活在海底的，从没见它们浮出过水面，为什么如今都跑到水面上来了……"

钟情在船舷边蹲下，看着那发光的海面，颇有新奇感。

忽然，她感觉船向前动了，扭头一看，丁凌正摇着橹，把船向那巨大的光晕中驶去。

钟情皱了皱眉，道："也许其中另有凶险！"

丁凌道："这样的奇景，终其一生难得一见，放过了岂不可惜？"

钟情没有再说话，她转回头，看着那船，驶进光里。

四周白茫茫的一片，由于那无数的磷虾在海面上游动，所以那光微微地闪烁晃动着,就像美丽的极光。置身其中,他们的小船就像航行在星河之上,如梦似幻。钟情坐在船头,看着那柔和的、乳白的光晕,仿佛一头走进了梦里。

每个少女都曾拥有过诗一般美丽的幻想,但钟情没有。她刚刚到了会做梦的年纪,就骤逢剧变,失去了一切。从那时起,她稚嫩的肩膀上担着的永远是厚重的责任,匆匆之间,她已成年,却从未停下来去认真看过身边的风景,似如今这样的景致,她曾经错过了多少?

不知不觉间,钟情的眸中有了莹润的水光。

丁凌停下船,走到她身边,钟情的脊背本能地绷了起来,她已习惯与人保持距离,习惯对人保持戒备,就像一只受过严重伤害的小兽。

丁凌在她旁边坐下来,脱了鞋子,双脚浸进那光里,柔和的水和柔和的光马上包裹了他的双腿,丁凌此时欣喜好奇的样子,像极了一个纯真的孩子。

岸上已经有人发现了这奇异的一幕,越来越多的海盗聚集在海滩上,他们在光晕之外,可以清楚地看到光团之中的那艘船,仿佛白色的茧中柔和地包裹着一个蛹。更准确地说,像是混沌未开的天地,只不过团身其中的不是沉睡的盘古,而是一对青年

第八章

男女。

钟情轻轻垂下眼帘,望着身下那朦胧的光,那光晕,仿佛把他们的船承载在天河之上。由于置身明亮的光团中间,光团之外的一切,他们都看不见,天地间只剩下了他们两个人。

"如果,这真的是天上,多好!"

丁凌的双眼熠熠生辉,微笑着转向钟情。

裹在光里,钟情也似暂时放下了一切烦恼,身心一片轻松:"天上一日,地上千年,等我们从这光里走出去,说不定沧海变桑田,真水岛已经不复存在。"

丁凌笑了:"一千年后,真水岛上的海盗应该已经不在了,但真水岛,应该还在的吧?"

他转首看着钟情,大量的荧虾浮在海面上,虾群发出的荧光将大片的海域照得仿佛星河,船浮其上,如梦似幻。钟情的侧脸在这光里尤其美,长而整齐的睫毛、优美的唇形、清晰的鼻部,光晕映着她雪白的肌肤,浸润着那光,看起来吹弹可破。

丁凌的喉头有些发紧,他凝视着钟情那梦幻般美丽的容颜,轻轻地道:"这样的奇景,终其一生难得一见,放过了,太可惜!这样的人,终其一生同样难得一见,放过了,我又如何舍得?我决定了……"

"什么?"

钟情听到他的声音有些沙哑,疑惑地看向他。她那花瓣般娇艳的唇因这一回首,就到了丁凌的眼前,只要一低头就能吻到。于是,丁凌低头了,钟情未及逃开,柔软的唇就已被他吻住……

钟情像被蜇了一下的虾子,身子一蜷,飞快地跳起来,给了丁凌一记耳光。由于她弹起的动作,小船一阵荡漾,周围成群的虾米受到惊吓一阵游动,周围的光闪烁得快了起来。

"咳!我……只是情不自禁!"丁凌马上道歉,态度极好。

"你……混蛋!"钟情气得胸膛起伏,只是一吻,飞快的一吻,就像天上的流星般一闪即逝,可这是她的初吻啊!她从未想过,竟在这样的环境下,莫名其妙地失去了,尤其是……给了一个她最痛恨的海盗!

"我是个有责任感的好男人,你不甘心就嫁我好了!"丁凌得寸进尺。

钟情大怒:"你去死啦!"钟情涨红着脸,一脚把他踢进海里。

丁凌"哇"的一声怪叫,仰面砸进海水,密集的磷虾四下逃窜,光影的波动更加迅速起来。丁凌在海水里手舞足蹈几下,忽然发出一声凄厉的惨叫,整个人一下没进了海水,没了声息。

钟情冷笑,她可是见过丁凌在海中捉鱼的手段的,想诈她?

但过了许久许久，丁凌还是全无声息，钟情心头不由暗惊，难不成海水下面有什么可怕的怪物？她立即扑到船边，焦急地向水下探寻，呼喊："丁凌！姓丁的……"

"哗啦"一声，丁凌破水而出，头上顶着一片一闪一跳的磷虾，如星光闪闪。丁凌抹了把脸，踩水靠近船帮，得意扬扬地道："嘿嘿！我就知道，你还是关心我的，毕竟我是你的第一个男人嘛！"

"滚！"

担心消失得无影无踪，又气又羞的钟情又是一脚踹去，刚刚撑着船板准备跳上来的丁凌哇的一声惨叫，再度砸进水里。

岸上，一群海盗抻着脖子，像一群鸭子似的看着海上，然后就鸭子似的呱呱起来：

"啧啧啧，这妞还真泼辣！三当家这回可是踢到铁板了！"

"铁板？你没看到三当家得手了吗？"

"就是嘛！女人就是这样的，嘴里说着不要，可她心里怎么想，那就不好说啦。哈哈哈……"

"你们明天都不用做事的吗？"适时赶到的二当家胡霸天咆哮起来，"一个个都闲得无聊是不是！"

一见二当家黑着一张脸，众海匪登时作鸟兽散。

胡霸天盯着远处,那艘小舟还荡漾在光晕之中,他恨恨地一跺脚,回头向逃散的海盗们大吼:"谁他娘的叫你们都滚了,滚回来一个划船的!"

"划船!回去!"

钟情的语气凶巴巴的,虽然置身光团之中,看不到外界,但钟情隐约听到了岸上传来的声音,这令二人之间更加尴尬。

丁凌乖乖听命,得了便宜卖乖的事他才不做,直到小船驶出光晕,滑入黑漆漆的夜色,丁凌这才低低一笑:"人常说,百年修得同船渡,我想和你修千年,好不好?"

钟情听得怦然心动,虽然此前早听他无数次胡说八道,可今天不一样。这里一片漆黑,天地间只有他和她。就在刚刚她才被他吻过,虽然只是轻轻一吻,却似小榔头在她藏着心的蛋壳上敲了一下,已经裂开了缝隙。

她不知道该怎么回答,海风吹得她的心乱糟糟的。

"钟姑娘!钟姑娘……"

胡霸天的声音在海面上咆哮起来:"丁凌!你这个勾引二嫂的王八蛋!"

黑漆漆的夜色中,一艘小船的船首仿佛从幽冥中滑出来似的突兀出现,直抵他的船头,紧跟着胡霸天就出现了,他飞在空中,衣袂飘飘,钵大的铁拳直劈丁凌的面门。

"哎哟!"

丁凌赶紧松开船桨,一个千斤坠定住身子,架双手去格,"砰"的一拳,丁凌连退三步,小船一阵急晃,险些翻了。

胡霸天大吼一声,拳如霹雳,又是狠狠一击。他拳脚如铁,大开大阖,伴随着他霹雳般的大喝声,威势着实惊人。可这小船正处于起伏不定、摇摆动荡的海上,胡霸天在小巧腾挪的功夫上远不及丁凌,这就限制了他的发挥,不过丁凌只是防御,并未发起反击。

丁凌一边还手招架,一边惊怒道:"姓胡的,你疯了!"

小船晃得厉害,钟情不会水,只好尽力扎稳下盘,怒斥道:"你们两个发的什么疯?"

胡霸天大叫道:"你是我的女人,这小子竟敢对你无礼……"

钟情又气又恼,道:"我什么时候成了你的女人?"

胡霸天道:"那日篝火旁,我不是说过会娶你?"

钟情被胡霸天的理直气壮弄得一呆,什么跟什么啊,你说过要娶我,我就得嫁给你?这真水岛上的男人都是如此的狂妄自大吗?

钟情一字一顿地道:"二当家,你是你,我是我,我从未答应要嫁你!请你不要再胡说八道!"

钟情说完,飞身跃上胡霸天乘来的那条船,大声吩咐:"回岛!"

那海盗看了看斗鸡似的二当家和三当家,马上识时务地划起了桨。

"你不答应?"胡霸天扬着拳头,愕然站在船上,"我肯娶你,你居然还不答应?"

胡霸天一双铁拳在空中狠狠一碰,大喝道:"好啊!继小鸟游之后,老子又多了一个要征服的女人!"

丁凌黠笑道:"二当家,这两个女人,只怕你一个也征服不了!"

胡霸天瞪向丁凌,恶狠狠地道:"那我就先征服你这个该死的小白脸!"

胡霸天虎跃而上,船头乒乒乓乓地又战起来。

海号阁里,小鸟游蹙着眉头静静地站在水池边,水下的那条护扇海蛇今晚十分异常,巡夜的人不敢怠慢,急忙禀报了她,小鸟游这才急急赶来。

第八章

幽蓝的海水中，一道若有若无的蛇影急速地游窜着，激起一阵水花。水底下不时冒起一串串气泡，使那海水仿佛煮沸了似的翻滚起来。

大罗刹天河惠子站在她身侧，忧心忡忡地道："大当家，神兽今晚太不正常了，您还是退后一些，提防它暴起伤人！"

小鸟游摇了摇头，低头看看那幽蓝的无法看到尽头的海水，又看了眼依旧置放在扇台上接受海水温养的玉扇，喃喃地道："近来各种古怪事实在太多了……"

这时一个海盗突然气喘吁吁地闯进海号阁，抱拳道："大当家的，海上……海上突然出现了一团巨大的白光，三当家和七姑娘驾船探视，三当家亲了七姑娘，二当家驾船出海了……"

天河惠子斥道："什么乱七八糟的，说清楚！"

那海盗咽了口唾沫，道："是是是，是这样的。海面上……"

小鸟游听他详细说罢，怒道："你去，等那两个混蛋打完了，叫他们滚上山来见我！"

那海盗忙道："是！"

他刚要退出去，小鸟游又道："叫钟情来一趟！"

很快，钟情就赶到了海号阁，向小鸟游抱拳道："大当家！"

钟情说着，向池中海水瞟了一眼，那水面气泡不断，水下还有海蛇疾游，看来着实可怖。

小鸟游道："海上发生了什么事？所谓一团白光是什么东西？"

钟情刚要回答，那条异变的海蛇突然蹿出水面，张开血盆大口，带着腥气、毒涎欲滴的大口发出一声愤怒悠长的咆哮，激得小鸟游和钟情等人的头发急急扬起，随即那闪闪发光的獠牙便向钟情狠狠噬来。

这条海蛇还记得钟情，它知道就是这个人伤了它，因此钟情甫一出现，正暴躁不安的它就从海水里蹿了出来。

小鸟游和钟情等人猝不及防，那巨大的蛇口已经到了面前，根本来不及闪避。小鸟游当机立断，一把抓过旁边那个报信的海盗向前一掷，恰塞进那海蛇的巨口，趁这抢出来的片刻工夫，才得以后退。

天河惠子和萧舒倩、洛春娇等人立即拔出佩剑，抢到小鸟游前面，一个个紧张得脸色发白，她们最清楚这条海蛇究竟有多可怕。真要动起手来，她们未必有把握对付这样一条大海蛇。

已经俨然长成海蛟的巨型海蛇三两口便吞咽了那个惨叫不断的海盗，恐怕他进了蛇腹时，尚未断气。随即那蛇颈摇晃着，仍欲向钟情发动攻击，却因天河惠子等人出剑反击而未能得手。

第八章

小鸟游一招手，便取过玉扇，玉扇就唇，无声的乐曲再起。虽然因为海底的异常，这条海蛇变得异常暴躁，可是它似乎依旧能受到玉扇音波的控制，那条海蛇不敢再发起攻击，它在水中扭曲盘旋，激起阵阵浪涛泼向地板，忽然仰天咆哮一声，猛地脖颈一扬，复向水底狠狠一扎，一头钻了下去。

当它的尾巴消失在水面的时候，海水中形成了一个深深的水涡。小鸟游推开挡在前面的几个部下，探身向水里看了看，疑道："这条孽畜，到底发的什么疯？"

第九章

午夜的樱花厅中,无数的鲸油巨烛照耀得整个大厅亮如白昼。

小鸟游端坐上首,樱花在她身畔轻盈地飞舞,她冷冷地看着眼前的胡霸天和丁凌。两个人十分狼狈,衣服都是湿淋淋的,头发披散着,脸上青一块紫一块,尤其是胡霸天乌青的双眼和丁凌流血的唇角,实在引人发噱。

钟情虽然是个女飞贼,可她出身大户人家,幼年时受过良好的教育,言行举止优雅美丽,远不是以杀人为乐的女海盗可比的。这样一个女人到了岛上,自然成为男人眼中的香饽饽,也难怪胡霸天和丁凌都看上了她。

小鸟游不耐烦地举起手,打断了胡霸天和丁凌的互相指责:"好了,你们不要再说了!你们之间那点狗屁倒灶的事,我不想听!"

第九章

胡霸天和丁凌悻悻住口。

小鸟游吁了口气,道:"你们两个,为了个女人如此胡闹,成何体统!这样吧,七天之后,我为小七举行招亲大会,你们两人当众比武,谁赢了,谁就是她的男人!"

"什么?"

钟情吃惊地看向小鸟游,胡霸天和丁凌也是一脸的惊讶。何细妹的脸腾地一下涨红起来。

小鸟游淡淡地瞟了一眼钟情:"怎么?"

钟情默默地低下了头:"但凭大当家做主!"

小鸟游满意地一笑。

钟情忽又抬头,道:"钟情一己私事,劳烦大当家操心,实在惭愧。属下这里倒是有一件关乎我真水岛的大事要禀报大当家!"

小鸟游目光一凝,道:"什么事?"

钟情道:"属下发现近来各种怪异景象频频发生,一些本来生活在海底的生物频频出现,相信大家都已经注意到了。"

众人不由点头,近来这种怪异的景象实在太多,他们当然已经注意到了。

钟情道:"我听岛上老人讲,这种情形他们也是从未见过,属下觉得，只怕岛下出了什么问题！"

钟情这样一说，小鸟游的脸色顿时冷肃下来。

丁凌也上前一步，拱手道："大当家，真水岛是咱们的根本之地，不可等闲视之！岛下究竟出了什么问题，还需及早查明，以安人心！"

小鸟游缓缓点头："近来我也发现有诸多异状，今日小黑甚至……"

小鸟游的声音戛然而止，转向天河惠子："你明天去准备六套潜水之物，除了小六和小七，你们五个，随我一起，后日探海！"

天河惠子等人齐齐答应一声，小鸟游又转向钟情和何细妹："你二人水性一般，留在岛上吧！明晚由你二人守护海号阁！"

钟情和何细妹齐齐拱手称是。

议事已毕，众人散去。天河惠子跪坐原地未动，等众人散尽，才对小鸟游顿首道："大当家，细妹子一直喜欢三少，大当家今日独为钟情终身操心，恐怕她会心生不平。"

小鸟游淡淡一笑，道："你以为我是对钟情特别关照吗？"

天河惠子诧异地抬头："难道不是？"

小鸟游道："胡霸天和丁凌是我的左膀右臂，可这左膀右臂一旦握在一起，我就不好施展拳脚了！钟情，就是横在他们中间

第九章

的那根刺！"

小鸟游缓缓站起，向外走去："比武赢佳人，不管他们谁输谁赢，都会永远记得，自己喜欢的女人是被对方抢走的！"

作为一个大名的女儿，对于权术一道，小鸟游也造诣颇深。

钟情回到自己宿处时，天还没亮，但和衣卧在床上的钟情却已完全没了睡意。

七天之后，就要为她比武招亲？她不想嫁，任何一个海盗，她都不想嫁。所以，她必须得抢在这七天前动手了，主动进言，提及海底异动，怂恿小鸟游探海，就是她为自己制造的一个机会。

钟情怔忡良久，窗外一个声音突然响起："在想嫁人？"

钟情震惊地坐了起来，就见窗外树枝上长臂猿般挂着一个人。那人说罢，就已蹿进了屋里，显然那句带些调侃语气的话，只是为了免得她过于震惊而出手，所以提前打声招呼。

这是个蒙面人，连头带脚都罩在青衣里，只露出两个眼睛，根本看不出身份。钟情下意识地握住搁在床头的剑，沉声道："你是谁？"

那人向她的剑瞟了一眼，轻声道："我是那晚睡过姑娘被窝的人。"

钟情的瞳孔倏然一缩:"是你!"

那双眼睛带着笑意:"小鸟游七天之后为你择婿,你就提出海底异状让她解决,她要下海,一定会带上玉扇以防不测,而玉扇的异能今天已经用过一次,作为自保的重要武器,她一定会让玉扇继续接受海水温养。"

黑衣人走到桌前,慢悠悠地坐下:"你来真水岛后,想必已经打听到,除了何细妹,其他几女都是当初被海盗掳上双屿岛的采珠女,水性奇佳,小鸟游要探海,没理由不带着她们……"

黑衣人自己斟了杯凉茶,笑眯眯地看着钟情:"为了后天探海,明晚她们一定会好生歇息,看守海号阁的人,就只能是你,你要盗扇,机会就大多了。呵呵,钟姑娘,你真的很聪明!懂得为自己创造机会!"

钟情立即拔剑指向黑衣人,沉声道:"你究竟是谁?"

黑衣人笑了笑,道:"你放心,我不是你的敌人!"

他的目光带着笑,钟情看着那双笑眼,渐渐与一团光晕中模糊了容颜,只余熠熠辉光的那双眸子重叠起来,钟情恍然大悟,失声道:"竟然是你!丁三少!"

黑衣人轻轻叹了口气:"好眼力!"

他缓缓摘下蒙面巾,露出一副似笑非笑的模样,可不正是

第九章

丁凌。

钟情虽已猜出他是谁,此时看到他的真面目,还是不由呆住,惊讶道:"你……真水岛的三当家,你为什么?"

丁凌微笑道:"因为,我也想毁了真水岛!"

钟情吃惊地看着他,恍然大悟:"你是锦衣卫的人?"

丁凌摇头:"我的确是闽南丁家的三少爷。"

钟情疑惑地看着丁凌:"你不是说,闽南丁家被官府抄了家,你是丁家唯一的活口?"

丁凌颔首,目中露出深深的恨意:"不错!我家的确是被官府抄了!可你知不知道告密的那个人是谁?"

钟情道:"是谁?"

丁凌缓缓地道:"小鸟游依子!"

钟情大吃一惊:"怎么会?"

丁凌低沉地道:"我丁家有一幅海图。从宋朝起,我丁家就是行船的,由宋而元,由元而明,我丁家海图用了数百年时光,搭上无数性命才逐步绘制完善,那是无价之宝!是用多少钱都买不来的宝贝!"

钟情不懂航海,但是想到大海的变幻莫测,也能明白一幅用几百年时间、无数人力物力探测、勘绘出来的海图在诡谲凶险的海洋上该是何等的重要。

丁凌道:"谁都明白,就算我丁家什么都没有了,只要还有这幅海图,照样能东山再起。这样珍贵的东西,当然不可能交给别人。所以,小鸟游密告官府害我丁家,然后再'恰巧'救了我,她对我有恩,我与官府又有仇,这幅海图,你说我会不会献给她?"

钟情忍不住问道:"丁家的海图如今在她手上了?"

丁凌道:"小鸟游的野心很大,一统诸岛只是她的第一步计划!随后,她就要凭着这幅海图,率领海盗大军,纵横四海,做一个名副其实的海上女王!"

丁凌缓缓站了起来:"小鸟游害我丁家的事虽然只有寥寥几人知道,可是在一个偶然的机会,还是被我知道了。"

钟情目光一闪,脱口道:"从何细妹口中?"

丁凌沉默片刻,道:"是!其实我是从别的方面察觉到了异状。接近何细妹,只是为了证实我的猜想!从我证实一切的那一天起,毁灭真水岛,杀死小鸟游,夺回我丁家海图,就成了我留在岛上的唯一目的!"

钟情深深地吸了一口气,沉声道:"那么我进入真水岛的目的,你又是如何知道的?"

丁凌道:"我……"

第九章

丁凌一语未了，突然纵身向她扑去，钟情一惊，下意识地扬剑刺向丁凌的胸膛。眼看丁凌就要血溅剑下，不知怎的，手腕却是一软，剑尖下意识地一沉，被丁凌抱了个满怀，这一剑没有刺下去，而是被两人夹在了中间。

钟情绝望地闭上眼睛，满心的懊悔。可她随即发现，丁凌并没有擒住她，只是抱着她纵身跃上了榻，同时伸手一拉，被子扬起，再落下时，已经平整地盖在了钟情的身上，而丁凌……

他揽着钟情的腰，微微缩着身子，把头缩到钟情胸前，整个埋到了被子里。钟情惊愕地张大眼睛，丁凌却竖指于唇，向她做了个噤声的手势。此时，钟情才听到一阵细碎的脚步声。

窗外，四罗刹工藤绫正缓步走过，走到钟情窗前时，下意识地扭头向内瞟了一眼。细碎的脚步声渐渐远去，钟情窘道："还不出来！"丁凌的嘴巴就在她胸前，呵出的热气肌肤都能感觉得到，让她浑身不自在。

丁凌直了直身子，脑袋从她胸前挪开，变成了两人四目相对，嘴唇只隔着一拳的距离。钟情的身子登时绷得像一张弓。好在丁凌并未趁机再占她便宜，只是低声道："还记得在长江之上，我被你踢进江里吗？"

钟情低声道："嗯！怎么？"

丁凌道:"我落水后很快就找到了你!"

钟情的双眼微微睁大。

丁凌笑笑:"我看到你去了金山寺,也看到你中了药匣的迷药!我本想救你,结果锦衣卫出现了,所以我就知道了之后发生的一切……"

丁凌盯着钟情的眼睛,她的瞳孔里正倒映着自己的模样,丁凌很喜欢与她并枕而卧的样子。不过此时显然不是旖旎的时候。

钟情下意识地紧了紧横在两人中间的剑:"你既有心反了小鸟游,为何不向朝廷求助?"

丁凌沉声道:"无论如何,我的父兄家人,是死在官府手上的!更何况,你以为朝廷一旦知道我丁家海图的重要,就不会据为己有?"

钟情沉默片刻,又道:"即便如此,你盗你的海图,我盗我的玉扇,你又为何帮我?"

丁凌的声音有些苦涩:"因为,如今海图就是玉扇,玉扇就是海图!"

钟情讶然道:"什么?"

丁凌苦笑道:"也不知小鸟游用了什么秘法,居然把我丁家海图绘制到了玉扇上,所以,唯有拿到玉扇,才能夺回海图。"

第九章

钟情道:"你和小鸟游一同进京,一同南下,有的是机会出手,为什么你不动手?"

丁凌道:"小鸟游精通甲贺忍术,又是日本名剑客佐佐木小次郎的高徒,你以为是那么容易对付的?而且我担心,如果真的暗袭成功,她会宁为玉碎,毁掉海之号角,我丁家数百年心血,也要随之毁于一旦。"

丁凌凝视着钟情,沉声道:"所以,我不能对她露出一丝敌意,为了得到她的信任,还得尽心竭力地为她做事。可即便如此,海之号角在她身上时,我无法动手。一旦温养于海号阁,只有七罗刹可以接近,我同样没机会下手!"

钟情这才恍然:"所以,你寄望于我?"

丁凌缓缓点头:"自从在金山寺知道你们的计划,我就想暗中协助你盗取海之号角。"

钟情的嘴角牵动了一下,道:"可我就算成功,也只会把它交给朝廷。"

丁凌缓缓颔首:"是!所以,我本想等你得手后,再杀人夺扇!"

钟情身子一震,丁凌依旧深深地凝视着她:"可惜,我失手了!"

钟情奇道:"你还不曾下手,如何失手?"

丁凌苦笑了下,低声道:"在漕河上时,我之所以一再找你的麻烦,难道只是因为好奇你的身份吗?"

不等钟情回答,他就自问自答道:"我以为是!可是,在你打开参匣,中了迷药的时候,我唯一的想法,就是冲出去救你,那时我才知道,不知不觉间,我已喜欢上了你。"

情,不知所起,一往而深……

男人和女人之间的爱情,有时候就是那么莫名其妙,根本不需要理由,当你爱上的时候,那就是爱上了。

一时间,两个人都沉默下来,榻上的气氛变得异常微妙。

过了许久,钟情才轻轻地道:"你说,你想等我得手,再杀人夺扇?"

丁凌道:"是!我一直用家仇来说服我自己!可是,我做不到……"

他的眸子熠熠地发着光,凝视着钟情:"还记得那一晚吗?在海上,那团光晕里。我说,我决定了!我决定的就是,不管为了任何理由,都不能害你。那一吻,是我的决定,我的承诺!"

丁凌提起这件事,钟情的俏脸不禁悄悄地爬上了一抹红晕。

钟情咬了咬唇,不让那红晕软了自己的心:"玉扇,我就算

第九章

盗到手,也不能交给你,我要用它换来千年老参,换回我弟弟的命!"

丁凌微微扬起眉:"我不会让你为难,你所要的,朝廷所要的,我自然有解决的办法!"

丁凌说着,缓缓抬起双手,从袖中慢慢抽出一管玉箫,可他手腕只一振,那玉箫状的东西竟唰地一下展开来,变成了一柄莹白如玉的扇。

钟情娇躯一震,失声道:"海之号角!你已经拿到了?"

丁凌轻轻摇头:"这是上等美玉雕成的,确也价值连城。不过,它只是一柄玉扇!"

钟情恍然:"赝品?"

丁凌道:"不错!它是真的不能再真的赝品!除了不具备海之号角的奇异能力,以及缺了那幅海图,再没有任何不同!"

丁凌抚摸着玉扇,低叹道:"我费尽心机打造了这柄玉扇,本想找机会偷梁换柱。可惜,海号阁不是那么好闯的,而我只有一次机会,所以一直不敢冒险。如今,机会来了……"

他望着钟情,眼神深邃得像是汪洋大海:"小鸟游要去探海,五大罗刹护卫……"

丁凌将玉扇缓缓递向钟情:"偷梁换柱,神鬼不觉!"

翌日傍晚，钟情准时来到海号阁。何细妹已经先她一步到了那里，看到钟情的时候，何细妹只是冷哼一声，就带着她的人走开了。如何才能神不知鬼不觉地换掉玉扇，钟情并未想到办法，她只能不动声色地巡弋着，暗中寻找机会。

一更天、二更天、三更天……

眼看天将放亮，若是等小鸟游赶来取走玉扇，她就再也没有机会了，钟情把牙一咬，决定冒险行动。

东方已经冒出了鱼肚白，钟情忽然屈指一弹，早已藏在掌心的一枚小石子嗒的一声打在窗棂上。钟情立即站住脚步，旁边那名女侍卫迅速拔出剑来。这时何细妹带着人刚从另一侧转过来，急赶几步道："什么事？"

钟情沉声道："有动静，开门！"

海号阁的门被打开了，钟情和何细妹带着她们各自率领的那名女侍卫踏进海号阁，玉扇仍由海水温养着，在灯光下放出柔和温润的光，室内一片静寂，没有什么动静。众人四下巡看了一番，相互摇了摇头。

何细妹冷冷地道："大惊小怪，别是树枝刮到了窗棂？"

钟情目光四扫，沉声道："那条海蛇已经离开，万一水中藏了人呢？"

第九章

不等何细妹回答,钟情就掠身而起,跃到放置玉扇的平台上,握着剑,紧紧地盯着水面,慢慢转了一圈。何细妹下意识地跟着到了池边,向水中望去,虽然海水幽蓝,可是要藏身其中,在灯光下也是无所遁形的。

何细妹撇了撇嘴角,道:"这海号阁下面,是一眼直达海底的泉眼,除非有人能从岛底潜过来,否则不可能从这儿上来!"

这时钟情转了一圈,已经绕回台子正面,听了她的话,"嗯"了一声,作势想要跃回地板上。就在此时,丁凌突然从海号阁前闯了进来:"钟姑娘,钟姑娘……"

丁凌放声大叫,何细妹和两个女侍卫一听是丁凌的声音,下意识地扭头看去,钟情准确地捕捉到这刹那的机会,她袖中的赝品玉扇倏然滑出,以身体为掩护,用不可思议的速度将台上玉扇调了包。

头顶一盏灯笼,束光向下,光线只是倏然一闪,真正的玉扇已经到了她的袖中。何细妹感应到光线的变化,倏然回头,就见钟情缓缓退了一步,将玉扇亮给大家,它仍立在那里,莹光温润。

钟情纵身跃回地板,何细妹大步迎了出去,满怀敌意地道:"三少,你到这里做什么?"

丁凌拎着一坛子酒,踉踉跄跄地闯进院子,拍着胸脯,大着舌头道:"钟姑娘,你不用担心!胡霸天算个什么玩意,七天!啊不!六天……"

丁凌抬头看看天色,恍然地傻笑:"不不不,五天!五天后,我一定大败胡霸天!他……不是……不是我的对手!"

何细妹妒火中烧,握拳道:"三当家,这里不是你该来的地方,请你马上离开!"

丁凌瞪起眼睛,舌头发直地道:"谁……谁喝多了?我酒……酒量大得很!钟姑娘……钟姑娘呢?"

"呛啷"一声,何细妹长剑出鞘,抵在丁凌的胸口,厉声叱道:"马上出去!否则,别怪我不客气!"

"你……你凶什么,你这样的凶婆娘……"

丁凌喃喃地嘀咕着,后退了几步,目光微微一抬,与钟情的眼神碰了一下,钟情目光微微一垂,丁凌登时心中暗喜。"喝醉酒"的丁凌跑来胡闹一番,被赶走了。

何细妹恨恨地收了剑,瞟一眼钟情,冷笑道:"倒是郎有情,妾有意!可惜,二当家的武功比三少高明得多,只怕我要提前恭喜你做二夫人了!"

钟情微微一笑,并未反驳。玉扇在怀,她恨不得马上插翅飞出真水岛。但这时显然不能离开,她只能耐着性子忍耐。天大亮

第九章

了，小鸟游在五个女罗刹的陪同下走进了海号阁。

小鸟游昂然而入，将玉扇取在手中，这一刻，钟情的心都提到了嗓子眼。但小鸟游只是珍惜地把玩了片刻，就把玉扇收起，淡淡地道："好了，我要赴海底一探究竟，你们两个昨夜辛苦，回去休息吧！"

钟情控制着自己的心跳，慢慢地吁了口气。

小鸟游的座船缓缓驶出了码头。她的这条船，船底龙骨是用一块陨铁打造的，极其结实。船头的撞角曾经撞碎过许多船，但船体依旧结实异常。

五女罗刹和小鸟游每人都换了一身黑色的皮制贴身衣靠，曼妙婀娜的曲线显露无余。不过船上的水手们可没有谁敢盯着她们动人的身体多看一眼。

小鸟游等人的装备是采珠女所用的，在《天工开物》里记载过这种潜水服，它甚至还有氧气管，只不过这时没有可以随身携带的氧气筒，她们的呼吸设备是一条极长的管子，通气口固定在船上。

小鸟游等人在腰间坠了石头，石头用绳子拴着，这样可以随时割断绳子轻身上浮。小鸟游等人把呼吸管叼在嘴里，彼此打一个手势，便一起跳进了水里，海面上涌起一串气泡，美人鱼般的五个身影很快消失在清澈的海水中。

海底是一个常人无法想象的奇异世界，还没有几个人能够抵达这里见证如此奇观。采珠女是经常游弋在海底的人，但一般的采珠女可没有如此奢华的行头，也潜不了这样深的水。

船上的送气管像蛇一样徐徐地下滑着，小鸟游和五罗刹越潜越深。

深海很美，但并不是一个安全的世界，本来就不安全的海底，因为近来的不安宁，变得更加危险了……

海中，小鸟游几人就像曼妙的人鱼，渐渐游近海底，海底有一条巨大的深不可测的海沟，海沟里时不时冒起一团气泡，那气泡远远望去大小很是平常，并不觉有什么奇异之处，可是当那气泡到达她们身边时，才能叫人感觉出那是何等巨大的气泡。

巨大的气泡瞬间破碎，变成无数小一些的气泡，小一些的气泡再度破碎，变成无数细碎的气泡，把她们裹挟其中，有一种梦幻般的感觉。

小鸟游瞪大了眼睛，她并非第一次潜入海底，可这样的景象她还是第一次看到。她注意到深海中很多鱼类已经不见了，四周空寂，尽是海水，这种沉寂给人一种莫名的恐慌，可她必须得继

第九章

续潜下去,真水岛是她苦心经营的根基,她必须得弄明白这里究竟发生了什么。

小鸟游向五罗刹打个手势,六人继续向下潜去,这时,几条凶猛的海鱼突然从远处向她们窜了过来。

海底鱼类的减少,使得这些生活在食物链顶端的鱼因为饥饿而变得异常凶猛,它们老远就张开大口,露出一口可怖的牙齿,五女罗刹不禁露出惊慌之色,迅速向小鸟游身边靠拢。

小鸟游并不害怕,她淡定地举起玉扇,这柄海之号角的奇异之处并不只一种,实际上它究竟有多少能力,小鸟游也不清楚。但她已经知道,即便是在水中,这柄海之号角,依旧可以吹响。

小鸟游淡定地取下呼吸器,用手堵住呼吸孔,把玉扇的柄凑到嘴边,吹了起来。

钟情急急赶到离魂崖,这是她和丁凌约定的地点。钟情走到离魂崖上,探手入怀,轻轻摩挲着那柄玉扇。得来如此容易,她几乎不敢相信,那件宝物此刻真的就藏在她的怀里。

回头看看,眼见四下无人,钟情不禁把那玉扇从怀中摸了出来,玉扇柄上有洞箫式的吹孔,钟情将它凑到嘴边,轻轻吹了起来。

气流涌过,玉扇用一种人耳无法听到的高频音迅速传播开来,沿着海面，传播出好远，也沿着海水，传向深深的海底。

虽然那些海中凶鱼将要失去理智，可是海之号角对它们的控制力和威慑力依旧有效，高频的声音穿透海水，影响着那些凶鱼，在它们扑到小鸟游等人身边，即将大快朵颐的时候，海之号角的声音传来，它们迅速收敛凶相，放过即将到手的食物，掉头游去。

小鸟游只当是她的吹奏起了效果，丝毫没有怀疑自己手中的玉扇是一个赝品。她淡定地向五罗刹招了招手，率先向深海潜去。只要玉扇在手，她就是水中的王，谁能伤害她呢？

海边，钟情看着无数的鱼跃上水面，仿佛在召开一个盛大的庆祝仪式。小鱼和本应以它们为食的凶鱼，都成了这个欢乐大家庭的一员，钟情满意地收起了玉扇。得来太容易，她真怕这是一场梦，如今她可以放心了。

身后突然传来脚步声，钟情欣喜地转身，可她的笑容马上就僵在了脸上，出现在她身后的，竟然是胡霸天与何细妹。

钟情的脸色变得很难看，而胡霸天的脸色却比她更难看。

"我听说丁凌吃醉了酒，去海号阁骚扰你，所以……"胡霸天沉默了一下，讥诮地道，"你到这儿来做什么？"

何细妹冷笑道："还能干什么，明显是幽会嘛！二当家，你可得小心了，这个女人，你就算打赢了三当家把她娶回去，只怕也会给你戴绿帽子!"

"你闭嘴!"

胡霸天妒火中烧,狠狠地斥骂了何细妹一声,气咻咻地瞪着钟情:"你喜欢丁老三?"

钟情只盼能尽快打发他离开,硬着头皮道:"二当家,我很感激你对我的关照!可我,只是把你当成一位兄长……"

胡霸天大怒:"兄长?谁他娘的要当你的兄长!你这不识好歹的女人,你……"

胡霸天的声音戛然而止,他凝着目光,望向钟情身后的大海。钟情心头一紧,急忙扭头一看,不由心中一沉。一艘双桅货船正向这片海域驶过来。

真水岛三面高一面低,三面环礁,这一面本来是无法行船的。不过,礁石间其实还是有行船的空隙的,但要极熟悉这片海域的人才能行驶,而且必须得在白天,东转西转地小心驾驶,才有可能驶得进来。这艘船毫无疑问就是来接应她的船。

钟情心头涌起一阵寒意,胡霸天看到这一幕,恐怕真相要被揭穿了。

钟情慢慢地握紧剑,转身看向胡霸天。胡霸天一脸惊怒地看着她,又看看礁岩间越来越近的那艘船,忽地露出恍然大悟的表情,指着钟情,愤怒地道:"我明白了!你……你要和丁老三私奔!"

钟情正要蓄势出剑,听到这话不禁一呆,瞪着胡霸天,不知该说什么好了。一块嶙峋怪石后边突然亮起一道黝黑的光芒,直奔胡霸天的后心,胡霸天正惊怒地瞪着钟情,全无防备。

"不要!"

钟情尖叫一声,下意识地出剑,可这一剑却不是刺向胡霸天的,而是挑向他的背后。"当"的一声剑鸣,钟情的剑撞上了丁凌志在必得的一击,丁凌惊道:"你疯了?"

钟情道:"不要杀他!"

胡霸天逃过必死的一劫,愤怒地拔出他的阔刀,咬牙切齿地盯着丁凌:"好!好得很!丁老三,你不但要拐了钟姑娘私奔,还想要我死!好,你很好!"

何细妹也拔出剑,咬牙切齿地瞪着丁凌:"三少,你为了要和这女人私奔,居然要背叛大当家!"

丁凌听了二人奇葩的推测,也是为之一呆,旋即冷笑道:"一对猪脑!"

小鸟游带着五女罗刹继续向深海下潜,海水的压力已经连她们都有些承受不住了。此时她们已经快要接近海底,五女罗刹陆续向她打起手势,示意已经无力继续下潜,她们停了下来,此时虽然距海底还有十几丈的距离,但已能看清海底的一切。海沟里泛起大量的气泡,海底时不时会晃动一下,那晃动产生的力量极大,让她们像水底的海草一样不受控制地随着水流摇晃。

小鸟游和五罗刹讶异地看着眼前发生的一切,她们不明白究竟发生了什么事,但眼前的一切,分明透着无比的诡异。突然,小鸟游明白过来,她的眼中透出无比的惊骇和恐惧,立即一仰头,割断系在腰间的坠石,迅速向水面升去。

五女罗刹虽然尚未参详明白,但是一见她的举动,马上也随之割断坠石,向水面疾升。这时,偏偏有几只海中怪物突然冲了过来。

若非得已,海洋生物是不愿离开栖息地的,不要看四海相连,其实它们都有自己的固定活动地盘。但是由于海底发生的剧烈变化,大多数海洋生物已经逃走,仍然滞留不走的大多是些凶猛可怕的大型海洋生物。

它们应该也感受到了莫名的危险,只是因为一向凶猛,所以胆子大些。可是由于其它海洋生物大量逃走,它们都处于饥饿状态,五条正在上升的"人鱼"引起了它们的注意,而且由于她们升得太快,它们生怕猎物逃走,无暇进行观察,便凶猛地冲了过来。

鲨鱼、巨型乌贼,一个个张牙舞爪,凶猛地扑向她们。

五罗刹看到这些凶猛的海洋怪兽,都有些害怕,不过她们知道小鸟游手中的玉扇是能压制一切海洋凶兽的,所以慌而不乱。一只大章鱼急速地游动着,将它足有十多米长的几条触角闪电般伸了出来,探向三罗刹洛春娇。

小鸟游把玉扇凑到嘴边,迅速吹了起来。然而,那条大章鱼却丝毫没有受到影响,它的几条长触角迅速缠住了洛春娇的身子,拖向它的身边。洛春娇惊恐至极,她想发出惨叫,可一张嘴,海水就灌向她的口中。几条触手合作着,把洛春娇毫不犹豫地填进了巨型章鱼的嘴巴。

小鸟游和剩下的四个罗刹女吓得魂飞魄散!

第十章

离魂崖上,钟情道:"胡霸天,你原本才是真水岛的老大,那时你的势力虽不及如今这般大,可你啸聚海岛,何等逍遥自在。现如今你的势力大了,可你真的快活吗?小鸟游心狠手辣,丧尽天良,你真愿意做她的走狗?"

胡霸天冷笑起来:"不管我是不是愿做小鸟游的走狗,总之,你们别想走!"

见胡霸天再度扬起他的阔刀,丁凌摇头道:"对牛弹琴,我们走!"

丁凌纵身一跃,便从悬崖上飞了出去,他张开双臂,衣服兜风,像一头苍鹰般飞了下去,堪堪降至桅杆高度时,身子一团,在空中急转了七八圈,凭着疾旋的离心力,抵消了部分下坠的冲劲,"咚"地一声落在甲板上。

第十章

钟情只呆了一呆,没有多想,也纵身跃到了空中。

丁凌在甲板上刚刚稳住身形,抬头一看,就见钟情像一只轻盈的海燕飞了下来,她没有借助衣袂兜风,快坠至甲板时也没有凌空疾翻一溜跟头来泄劲,就那么稳稳地落在了甲板上,好像她的身子根本没有几两重。

船头甲板上那些海盗见状,登时喝一声彩:"好功夫!"

丁凌呆了一呆,向她跷一跷大拇指,回头疾喝道:"快走!"

二人抬头向崖上望去,胡霸天挺刀站在崖头,崖上、船上全是丁凌的人,他若敢跳下来,半空中换位不便,只怕要被乱刀捅死,自然不敢跳下来。

那些海盗水手也不怠慢,马上开始操纵船只转向,从那一块块礁石间七扭八弯地往外走。这个操纵过程非常繁琐,一个不慎,这么慢的船固然不会出现翻船或触礁的可能,可是卡在那里进退不得却是一定的,后果可想而知。

然而,这些海盗们却看不出一点紧张的样子,他们谨慎地操作着船只,脸上的神态和表现出来的动作,也看不出一点慌乱的样子,甚至还有人在那儿一边操作一边兴高采烈地打趣:"少东家,少奶奶的功夫可比你高明啊!"

"滚你的蛋,好好干活!别让人瓮中捉鳖,那就坏了!"

"放心啦少东家,咱丁家的船走南闯北,什么地方没去过,向南到过拓枝,向东到过吕宋,论行船,那些海盗不是对手!"

水手们一边说,一边操纵着那船时时调整着方向,像一条游鱼似的从礁石群中往外钻。

"扇子呢?"

钟情毫不犹豫地把玉扇递给丁凌,她此刻就在丁凌的船上,生杀予夺皆由人,根本不用顾忌什么。

"哗"的一声,玉扇迎着阳光打开,钟情定睛一看,不由暗吃一惊,那看似洁白无瑕的玉扇扇面上,竟然真的有一幅若隐若现的地图。

胡霸天与何细妹怒气冲冲地奔到港口,码头上正有两艘战舰停泊在那里,另外还有一艘船被架上了海边的简陋船坞,正在清理龙骨上的海藻、贝壳等物。胡霸天一溜烟地窜上大船,后边是沿路被他喊来的诸多海盗,乱糟糟地往船上爬。

"开船!开船!快开船!快快快,起锚、升帆、左满舵,左满舵!"胡霸天上了船就大喊。海盗们手忙脚乱地操作着,纳罕地询问:"二当家的,究竟出什么事啦?"

胡霸天一手掌舵,一手提刀,怒吼道:"丁老三叛出真水岛

第十章

了,给我追上他!我要把他大卸八块!"

这些海盗大多是胡霸天的旧部,登时摩拳擦掌,纷纷叫嚷起来:"三当家的太不仗义了,追啊!追啊!杀反骨仔!"

两艘战舰迅速启航,在船坞里的那艘船也被海盗们迅速推下海,加入了追杀的行列。那些陆续赶来的海盗,则被那艘维修船上的人告知,让他们速去禀报大当家。

丁凌的船终于从礁石群中绕了出去,海面上还有两条船等在那里,都是丁家旧部,一见这船出来,三条船上的水手齐声欢呼,马上扬帆启航,向大陆方向驶去。

船头上,丁凌把玉扇还给钟情,回首望去,有两道帆影刚刚绕过海湾,正向他们追来,丁凌当即喝道:"追兵来了,加快速度!"

前方那片海,就是曾经有大片磷虾浮出水面的地方,钟情突然想到了那个梦一般的夜晚,那个让她脸红心跳的夜晚,还有那一夜她失去的初吻,那个吻,也在那时敲开了她的心扉。只是那时,彼此的身份成了横亘在他们中间的最大障碍,而如今这障碍也消失了,他……

钟情悄悄扭头,看了指挥若定的丁凌一眼,心头小鹿轻轻地跳了起来:"他……真的是那个值得我一生依靠的男人吗?"

船尾，两艘敌舰正飞速驶来，它们的速度比丁凌的船更快，因为那是专门用以作战的战舰！而更远处，那艘正在维修当中的船已经被甩得越来越远。

海底，小鸟游和四女罗刹吓得魂飞魄散，海之号角怎么可能失效？她们满脸都是惊骇欲绝的神情，但此刻绝不是考虑这个问题的时候，她们加快身体的动作，柔韧有力的腰肢急速摆动，加快上浮的速度。

一头大鲨鱼张开血盆大口扑向工藤绫，工藤绫立即举剑刺去。她的剑势本来极为凌厉，可是水的阻力使她的剑法发挥不出五成。随着她的急速呼吸，一串串水泡在她身边急速升起，大鲨鱼从她身边一掠而过，海水中顿时冒出一片鲜红。

那不是工藤绫身上的血，而是大白鲨被她一剑豁开了身子，但是工藤绫吃大白鲨一撞，她的呼吸器已经远远地飘开，呼吸口还咕咕地冒着气泡。工藤绫顾不得多想，立即手脚并用，向海面上游去。

可是一条看起来比鲨鱼小一些的黑色大鱼，在水中一个漂亮的急转弯，旋即，就见它大嘴叼着工藤绫向深海中摇头摆尾地游去。小鸟游等人还能看见她的手脚挣扎活动着，可是谁都知道，

第十章

她必然会葬身鱼腹，没有可能再活着回来了。

小鸟游一直没有停止吹响海之号角，因此只靠双脚摆动，影响了她上升的速度，这时眼看海中生物俱已不受海号控制，知道海号已不足为凭，所以她马上加快上浮的节奏，但是落在下面的她，已经成为海洋巨兽们的目标。

几条凶猛的海鱼向她猛扑过来，小鸟游仗着高明的身手险之又险地避开了几次，眼见再也无法避开，此时距海面更近了，仰着头就可以看见灿烂荡漾的海水，小鸟游突然一团身，用力一蹿，双手用力抓住正拼命上浮的萧舒倩，向下猛然一拽。这一下，二人便颠倒过来，小鸟游加快了上浮的速度，而萧舒倩却被她拖到了身下。

"不……"

萧舒倩虽然在水中无法出声，可她惊骇愤怒的眼神，却把她的想法表露无遗。然而她看到的，却是小鸟游冷漠无情的眼神。几条大鱼同时抢来，咬住了萧舒倩的手脚和身体，然后它们同时窜向四方，每个嘴里都叼着一截残肢，血染碧海！

海面上，海盗们紧张地看着，突然，船边蹿起一个人来，海盗们一眼认出这正是他们的大当家，立即欢呼起来："大当家回来了！"

小鸟游蹿出水面，身子一歪，一把抓住一条垂在空中的绳索，腾身一跃就上了船，余悸未消地大口喘息着。紧接着五罗刹张芸华和大罗刹天河惠子也在水面上冒了头，海盗们已经知道出了事，一见她们冒头，立即将绳索抛了过去。

天河惠子与张芸华分别抓住一条绳索，摆动双腿游向大船，船上的海盗们也拼命收着绳子，但是一条大鱼不甘放弃地追上了水面，张开血盆大口，一口咬住了张芸华的双腿。

"啊！"张芸华惨叫，"救救我，大当家，救我！"

海盗们拼命地拽着绳索，小鸟游抢过一杆鱼叉用力掷出，狠狠扎在那条大鱼的脊背上，大鱼疼得一阵急速扭动，拽得船头十几个海盗不由自主地撞向船舷，可他们依旧死死地抓着绳索不肯放手。

大鱼一头扎进海水中不见了，众海盗手上一轻，赶紧用力往上一提，张芸华半截血淋淋的身子被提了上来，原来她的身躯刚才被那受了伤的大鱼一通扭动挣扎，却仍死不松口，竟然把她的身子咬成了两截。

五罗刹张芸华张着嘴巴，仿佛一条出水的鱼似的张合不已，却已说不出一句话来。小鸟游倒也果断，二话不说，一掌拍在她的头上，便结束了她的痛苦。站在她旁边惊魂未定的天河惠子不

第十章

禁抽搐了一下。

守在船上的林羽七惊骇地道:"大当家,海里出了什么事?"

小鸟游脸色铁青:"如果我没猜错,恐怕要地龙翻身了!"

阿满惊呼道:"地龙翻身?在这真水岛下?"

他们所说的地龙翻身,就是地震。小鸟游道:"不错!海底磷虾浮出水面,大批箭鱼迁徙,以及近来种种异象,恐怕都与此有关。海之号角失灵,恐怕也是因为这些水中生物丧失了神智的原因……"

林羽七倒抽一口冷气,道:"如此说来,此次地龙翻身的动静,恐怕不会小了。"

她也清楚,地龙翻身,严重的情况下会引发海啸,更严重的情况是引发地火,甚至引发陆沉都是可能的,那可不是在地震时躲到空地上就能避免的了。

小鸟游阴沉着脸色道:"不错!我们马上回去,立即撤离真水岛,等事毕,若岛屿无恙再回来!"

这时,远处一条小船箭一般疾驶而来,小鸟游一瞧那船行驶甚急,心头又是一沉:"岛上发生了什么事?"

那小船尚未完全靠拢大船,船上的海盗就大喊起来:"大当家不好啦!三当家叛离真水岛,和七罗刹逃走了,二当家正驾船去追。"

"什么?"

小鸟游却不会简单地认为丁凌是和钟情为情私奔,听到这话,她心里咯噔一下,第一件事就想到了手中的玉扇。方才她以为是因为地龙将要翻身,所以海中生物不受控制了,但是如果……

小鸟游举起手中玉扇,仔细看了看,又哗地一下打开,迎向阳光。玉扇质地洁白,是用海中一种和玉的质地几乎相同的奇物打造的,后来又被她用秘法把丁家海图也绘了上去。海图她当然不可能记得下来,但是对一些细致处还是有些印象的。

这柄玉扇上也有若隐若现的地图,但是她看向自己记忆较深刻的地方,却立刻发现了那里与她印象中的海图不符。

"啪!"

手中的玉扇被小鸟游拗断了,碎玉飞溅,小鸟游满脸杀气,咬牙切齿地道:"给我追!"

海面上停泊着三艘船。战船上都装备了佛朗机炮,双方一顿互射,船体多少都受了损伤,但一追至近处,大炮就没了作用,胡霸天指挥着两艘船,正与丁凌船上的人跳帮作战。

"胡霸天,你就这么甘为小鸟游爪牙?难道你看不出小鸟游利用你来钳制我，利用我来制衡你？一旦我离开，你这个原真水岛的大当家，就成了她的眼中钉，她早晚宰了你！"

"老子如今只想先宰了你！"胡霸天恶狠狠地说着，挥刀与丁凌战在一起。

此时，远处那艘刚刚正在维修的船正慢慢追赶着，它正在修缮当中，帆也不全，速度不快，而在它后面，有一艘更大的船正飞速驶来，船帆上一个巨大的美人头，那是小鸟游的座舰。

搏斗中，丁凌一剑逼退胡霸天，往远处一看，脸色倏变。

胡霸天扭头一看，放声大笑起来："小鸟游来了，我看你们这对狗男女还往哪里逃！"

丁凌扬声道："情儿，一旦事情不妙，就把它砸碎，沉入海底！"

远远的一片刀光剑影中传出钟情的声音："好！"片刻之后，又是一声抗议，"不许叫我情儿！"

丁凌哈哈大笑，挥剑攻向胡霸天，不逼退胡霸天，他们是走不了的。丁凌船上的人也都明白这一点，是以全都拼了命。钟情忽然一扬手，天空掠过一道玉润莹白的光，丁凌下意识地一扬手，将那玉扇稳稳地抓在手中。

钟情道："你护着玉扇，我去砍断缆绳！"

一直盯着钟情的何细妹像条毒蛇似的，紧紧跟了上去。

胡霸天大惊失色："玉扇！你们盗了玉扇？你们……你们……"

他的脑袋，终于开窍了。

小鸟游站在船头，脸色阴沉。一日之间，她的心腹护卫死得只剩天河惠子与何细妹，她苦心经营的根基之地即将毁于地龙翻身，而三当家居然和钟情背叛了她，他们居然是朝廷的内应……

这一切的一切，令小鸟游戾气满腹，她此刻只想杀人。

钟情知道必须得和胡霸天的船分开，才有机会逃走，所以仗着高明的轻功，她跳到胡霸天的船上，挥刀劈砍一条条飞爪的绳索。胡霸天已经冲上丁凌的船，和丁凌跳帮作战。钟情的武功远胜于胡霸天船上的其他人，她一面搏斗，一面寻找机会，砍断那些将两条船拴在一起的绳索。

"当！"一条！

"当！"又一条！

绳索都是用飞爪紧扣在另一条船上的，每砍断一条，两条船的距离就分开一些，当最后一条绳索被砍断，两条船迅速被海浪推开。正在战斗中的胡霸天和丁凌同时一晃，丁凌回身大吼道：

第十章

"情儿,快回来!"

钟情一连数刀,劈退几个海盗,趁机纵身一跃,抓住桅杆上垂下的一条绳索向自己船上荡去。蓄势良久的何细妹突然尖叫一声,猛然跃起,抓起一条绳索,追上钟情,一剑向她后心刺去。

钟情闻警急忙回身交手,何细妹连劈数剑,钟情举剑相迎,竟被迫落回了胡霸天的船上。

丁凌大惊:"钟情!"

"你快走!我弟弟,拜托你了!走啊!"钟情一面交手,一面厉声大喊。大帆鼓风,两条船越距越远,丁凌心急如焚。

小鸟游的船越来越近,还隔着数丈距离,小鸟游尖叱一声,仿佛一只飞鸟,蹬萍渡水,向他们的船掠过来。

丁凌心头一沉,完了,只一个何细妹缠着,钟情都脱不了身,何况还有一个小鸟游。

"你们该死!"

小鸟游衣袂破风,煞气凛然,跃至船头一掌击出,钟情刚刚让开何细妹的一剑,见小鸟游一掌击来,来不及持剑反击,急忙举左掌相迎。

"啪"的一掌,钟情只觉手臂巨震,几无知觉,整个人"噔噔噔"连退几步,后腰撞在船舷上。

"死吧!"

小鸟游怒喝一声,五指箕张,屈伸如钩,凌厉地扣向钟情,堪堪扣及钟情咽喉时,远处突然传来一声巨大的愤怒的咆哮,那声音是如此浩大,让人的耳朵在一瞬间都失去了听觉,震得人心尖都在颤抖。所有的人都呆住了,他们不约而同地住手,回头望去。

就见远处一股乌黑色的蘑菇云腾空而起,它的边缘被阳光照成了黑金色。震耳欲聋的怒吼声持续不断地咆哮着,一股火红的颜色突然冲霄而起,把他们的身周一切照得通明,那光是如此强烈,却又是一片血红,所有人都像沐浴在血色当中。

"我的天!这……这是怎么了?"

胡霸天惊愕莫名。

小鸟游呆呆地看着海岛的方向,面如死灰:"完了,真水岛,真的完了!"

这天地之威是如此可怖,以致所有人都失去了战意。在这磅薄无匹的天地伟力面前,谁还举得起刀剑?所有人都瞪大眼睛,惊骇地看向那片乌黑、那片火红,那因海水迅速蒸发而喷薄出的雪白的云团。

本来海中已经有大量的生物逃走,潜入水中也看不到多少游鱼,可此刻整个海面都是各种各样的生物惊慌乱蹦,仿佛整个大

第十章

海都沸腾了。

远处,真水岛在火光、在浓烟、在天雷般的巨大啸声里,正在一点点地隐没于海平面下,船上的人都恐惧地大叫起来:"真水岛沉了,真水岛沉了!"

此时,如果从高空看下去,一个巨大的圆的中心,是炽红的岩浆,外层是滚滚的黑云,再外层是乳白的水汽,接着是碧蓝的大海!

整个真水岛都沉进了海中,一个巨大的漩涡正在迅速形成,吞噬着岩浆,吞噬着黑云,吞噬着乳白色的气团,吞噬着湛蓝的大海。

然而这一切,是那些惊呆在海面上的海盗所看不到的,当他们注意到时,那漩涡已经把他们笼罩其中,一个巨大的旋转的碧蓝的水涡,将它触及的一切都绞了进来,拖向那个黑洞。

直径十余里的巨大漩涡,越是核心处旋转得越快,而外围则相对缓慢。然而即便是缓慢的,它也拥有无可抵御的巨大动能,这股动能,拽着它旋转范围内的一切,拖向中心处那个深不见底的黑洞。

落在最后面的那艘本来尚在维修中的大船迅速被拖了回去,紧接着胡霸天的两条船重重地撞在了一起,海水的巨大旋转力、扭绞力使得两艘船吱嘎作响，舱舷、船帮在迅速地崩坏，木屑像箭一般四处溅射。

刚刚在甲板上站稳的小鸟游马上向她自己的船跳过去，而钟情、胡霸天等人也见机得早，跟着跃向小鸟游的座舰，他们几乎刚刚跃离甲板，那两艘船就被海水的伟力绞得解体了，无数片木板向四面八方飞溅，夹杂着无数惨叫的飞起的人体，蔚为壮观。

何细妹跃起慢了一步，半空中正迎上暴射而来的无数船体残片，整个人顿时好似被乱箭攒射，变成了刺猬。她惨叫一声，直挺挺地向大海栽去。

胡霸天大声吼叫着，可那天地伟力岂是他能抗拒的，他像一颗炮弹似的飞出去，咚地一声砸进了咆哮的海水。

小鸟游的船虽然避免了被海水绞碎的下场，可它也在漩涡范围之内，整艘船被海水旋转着，迅速向原本是真水岛的位置滑去。

"天呐！这可怎么办，快划船，快啊！"船上的人都惊叫起来，他们已经无暇顾及钟情这个敌人，眼下他们有一个共同的敌人——天灾！

随着林羽七的命令，锚抛进了大海，不过片刻工夫，它就被扯得笔直，紧接着船身一歪，锚的长索断了，断掉的长索迅速回抽，将几个措手不及的水手砸进了大海。

第十章

天河惠子惊慌地看向小鸟游:"大当家,怎么办?"

如此天威,小鸟游又能有什么办法?船帆也降下来了,可是船还是向那漩涡无助地驶去,旋转着,越来越快、越来越近!

远处那艘船上,丁凌终于忍不住了,他毅然地跳进大海,玉扇已经箫一般放到了他的唇边。

无声的高频讯号在海面上荡漾开来,一条巨大的海豚突然跃出水面,丁凌稳稳地落在海豚背上,随着他箫声的指挥,那条海豚迅速向那艘被拖向深渊的大船驶去。

"快看!三当家!"

"什么三当家,那是叛徒!"

只是简短的争论,众人便没了声音,所有人都在看着海面。海面上,丁凌踩在一只海豚背上,正向他们的大船飞速驶来。

漩涡使得海水四面高、中间低,所以如今丁凌不是和他们在同一个平面上,远远看去,丁凌站在和他们相差十几丈的高处,衣袂飘飘,唇横玉箫,仿佛天外飞仙。

钟情也惊呆了,她没想到丁凌竟然会回来救她,竟然甘冒奇险冲回来。

她呆呆地看着他,泪水突然不争气地模糊了她的眼睛。

海豚越追越近,身后是被它极快的游速荡起的一条白色的水线，但大船已经在众海盗的一声尖叫中，栽进了深渊。那是真正的深渊，由于真水岛迅速陆沉所形成的巨大漩涡，它的最中间部分是空的，根本没有水，水流旋转着，在四下形成了一道不断旋转的水壁，在这股巨力变小之前，那水是不会合拢的，于是这船就直接栽了下去，栽进了千丈深渊。

丁凌驾驭着那条海豚也到了漩涡的边缘。那海豚一声尖锐的鸣叫，尾巴一甩，突然转了方向。虽然它会被海之号角控制，但是显然不会在明知必死的情况下还往里跳。然而，丁凌并没有就此罢休，他收起玉扇，也跳了下去，义无反顾地跳了下去。

当船体整个竖起来时，船上的人就像下饺子一样摔了下去，只有小鸟游、钟情和天河惠子三人及时抓住了船上固定的东西。随着船体往下落，千丈深渊之下，是流动的暗红，那是岩浆，只要掉下去就会被烧得连渣都不剩。

丁凌追上来，他凌空落下，义无反顾地跃入了漩涡形成的巨大深渊。渺小的人影与那硕大无朋的水幕墙壁形成了巨大反差。当坠落到那条笔直下落的船体旁时，丁凌一把扣住了船体上的一个绞盘，也挂在了上面。

"你混蛋！你怎么那么傻，回来做什么？"

钟情流泪大骂。

第十章

"说好不离不弃,我怎会一个人走?"丁凌咧嘴向她笑。

"你这傻瓜!你这傻瓜……"

钟情的泪水渐渐模糊双眼,心里的坚冰在这一刻被岩浆融化,她的心滚烫滚烫。

小鸟游看看仿佛地狱似的深渊之底,突然狂怒起来:"该死的!你们都该死!"

她像发了疯的女妖,尖叫一声,向钟情猛扑过来。大家都要死了,谁也逃不了,但她还是要动手,哪怕早一刻杀死钟情和丁凌,她也能在临死前获得一丝快意。

钟情满面泪水,根本没防备她在此时还会动手,但丁凌注意到了,他迅速冲过来,挡在了钟情前面。小鸟游五指如剑,狠狠地刺进了丁凌的肩头,丁凌闷哼一声,挥动他的分水剑向小鸟游当胸刺去。小鸟游狞笑一声,振臂一挥,五指便抓着一块血淋淋的肉撤了回来,同时也避开了丁凌的一击。

"丁凌!"

钟情大惊,立即扑过去,一手攀着船体,一手持剑,与小鸟游交起手来。

船,落底了!

砰的一声,岩浆四溅,船体立即着火了。

天河惠子惨叫一声,双手再扣不住船舷,脱手飞了出去,绝望地坠入了炽烈的岩浆。

小鸟游的战舰船底龙骨是用天外陨铁包裹着的,一时间竟然没有烧散架。船横在了岩浆上,三人在船上继续大战,钟情和丁凌二人联手对付空着双手的小鸟游,居然仍落下风。

然而,火山再度喷发了,炽热火红的岩浆从海底喷出,天外陨铁打造船底的战舰居然没有被岩浆融化,在冲天水柱一般的岩浆喷射下,船竟向海面上飞快地升去。三人被巨力一震,再度分开,惊慌地扣住可以抓紧的东西,四下望去。

四周是旋转的圆形的水壁,船从其中腾起,仿佛一艘火箭从海底升空。

不,更准确地说,那渺小的船体与那硕大无朋的水幕墙壁相比,就像一只挣扎着要逃出去的蚊子。蓝的水,红的火,黑色的战舰,而头顶的水幕正在渐渐合拢。

"哗!"

穿过水幕,他们连人带船被岩浆喷上了千米高空,紧跟着,那喷射的岩浆停下了,就像海底喷火的巨人突然咽了气,沉重的舰船在空中停了一停,又向水中砸去。丁凌在船被抛到最高点时,已经揽着钟情跃了出去。小鸟游狞笑一声,如同一只艳媚厉鬼,十指箕张,弹身而起,向他们双足抓去。

"啪!啪!啪!"

钟情眼疾手快,用上了当初在长江之上踢中丁凌手腕的腿法,迅捷无比地踢中了小鸟游的手腕。小鸟游冲势已尽,发出一声绝望的尖叫,徒劳地伸着双手,落向深深的烈火之渊。

而钟情因为这一连三踢,冲劲一泄,也向下落去,可这时,丁凌突然一探手臂,握住了她的双手。丁凌用力一振双臂,将钟情向上扬起,而他并未松开双手,借着这一振,百丈高空,他和钟情沿着一条线,同时向水面落去。

半空中,丁凌将海之号角放在唇边,无声的箫音再度响起,水面上,两条海豚突然同时跃起,当它们再落回水面时,两条大海豚的身上,已经稳稳地各站了一个人。

一男、一女……

海底深渊已经被海水填满,巨大的漩涡渐渐变小,饶是如此,钟情和丁凌踏着海豚,依旧要沿着一个倾斜向上的水浪坡度驰出好远好远,这才摆脱了漩涡的吸引。

两只海豚停了下来,钟情回望那一团黑红色的天空,心有余悸道:"我们……居然逃出来了!"

丁凌微笑地望着她,并不说话。

被他灼热的目光看着，钟情忽然有些害羞。

钟情期期艾艾地低下头："我……我们今后……"

丁凌的手臂揽住她的纤腰，霸道地把她揽到自己怀里："从今往后，你和我，不许生离，只有死别！"

脚下的大海豚鸣叫一声，倏地钻进了海水。两人脚下一空，不由自主地向下陷去。

钟情"呀"的一声惊呼，但她的樱唇，马上就被丁凌灼热的双唇紧紧地吻住了。

两个人沉到水里，水面上咕噜噜地冒起了一串气泡……

尾声

钟情四海

真水岛上的异动,距真水岛最近的几伙海盗也察觉了一些。不过他们距真水岛再近,也超过了数百里,还不等他们派人过来察看消息,真水岛的人就主动找上了他们。

海盗女王小鸟游派去的人声称,真水岛遭到了朝廷水师的围攻,为了以牙还牙,召集各路海盗攻打福州城。传令者正是真水岛的三当家丁凌和七罗刹钟情,他们持有海盗女王的兵符——玉扇。

所以各路海盗毫不起疑,三日之后,千帆蔽海,直抵福州港。那一天,大明水师倾巢而出,火炮的咆哮轰鸣声,连福州城内都听得清清楚楚……

再后来,纵横江湖多年的女飞贼钟情销声匿迹,不见了踪影。而在海上,却出现了一对神仙侠侣,四海闻名!